硯城誌《卷三》

典心

插畫/呀呀

Kadokawa Fantastic Novels DX

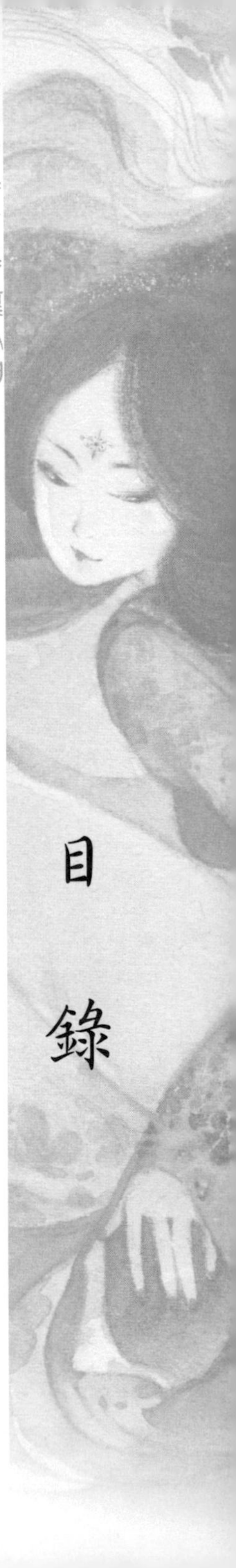

目錄

在遙遠的地方，最後一座終年積雪不化的雪山下，有著一座城。

城形如大硯，被稱硯城。

那座城景色優美、花木茂盛，家家戶戶前都流淌清澈的水。城裡住著人，以及非人，還有精怪與妖物，彼此相處還算融洽，維持著巧妙的平衡。

關於硯城的傳說，有的真、有的假；有的教人害怕、有的令人玩味不已，曾涉足過的人，回來後所說的都不同，人人各執一詞，彷佛拜訪過的是不同的城。

人們來來去去，唯有雪山屹立，靜靜看顧著硯城。

雪山護衛這座城。

雪山凝望這座城。

城內城外的種種，在雪山下一覽無遺。

傳說將被驗證。

故事，開始了。

壹

成真

冬去春來。

貫穿城內的溝渠河道，在清澈冷冽的雪水上，凝著的那層冰，隨著春風到來，悄悄的發出細微聲響，從距離雪山最遠的末端崩碎。

這一開始，就止不住了。

凍住整個冬天，靜默無聲的冰層，從末端開始騷動，一道接著一道、一聲連著一聲，起初是竊竊私語，隨著密如蛛網的冰裂，從小溝入了大渠，接近城中的四方街時，冰層已是喧譁大響。

裂痕在冰上竄行，從九入三，由三成一，來到城北處的一汪深深水潭。當最後一塊寒冰瓦解，響聲戛然而止，水波蕩漾，漣漪觸及岸邊，那棵千年栗樹的最高枝頭，冒出嫩嫩的、綠綠的一片新葉。

春日漸暖，硯城裡的人與非人，憋了一整個冬季，總算盼到春天，都忙著勤勞走動，買貨賣貨，往來言笑的打招呼，到處都熱鬧得很。

只是，不論聊得多快意，來到木府附近時，每張嘴都會不約而同的閉上，深怕有所驚擾。

木府的主人，就是硯城的主人。

歷代的木府主人，都很年輕，也都沒有名字，男的稱為公子，女的稱為姑娘。無論是人或是非人的事情，只要來求木府的主人，沒有不能解決的。

現任的主人是個看似十六歲的少女。

但是，前有未有的，木府主人在日前受了傷，重傷。

初冬時聽見這個消息，人心惶惶、鬼心慌慌，連妖也惴惴難安。人與非人送上各種珍貴藥物，在木府外排得滿滿都是，甚至連住在深山裡的千年人蔘，也化身為白髮老翁，跪在外頭一把鼻涕、一把眼淚的哭求，堅持要躺進藥鍋裡，熬了自個兒給姑娘補身。

好在遠近馳名、一言九鼎的馬鍋頭雷剛，很有耐性的把老人家勸住，說姑娘婉拒好意，雖然受了傷，但有專精醫術的左手香治療，大夥兒不必擔憂。

為了讓姑娘安心休養，人與非人紛紛散去，只敢在心裡惦念，連提都不敢再提，深怕多提一句，便會影響姑娘的傷勢。

木府外頭安靜，裡頭也靜謐無聲。

梅花開得前所未有的燦爛，不論是單瓣的、重瓣的，月色般的白、少女肌膚般的粉、胭脂般的紅，或是嫩葉般的淡綠，都竭盡全力綻放，爭搶著要給姑娘看一眼，只求讓她賞心悅目。

淡雅的芬芳，染在綢衣上，沁著她的體溫。

大多數時候，姑娘都在睡著。

嬌小的身軀躺臥在暖暖的床褥中，長長的眼睫覆在看似十六歲，卻又不是十六歲的粉頰上，唇色略淡。那柔弱憔悴的病容，讓人看得就要心疼。

原本在木府裡頭，勤勞走動的灰衣人，因為沾了水，或者沾了油，一個個陸續化為灰紙。難得姑娘醒著，動手剪了一批出來，卻都沒先前俐落，還不時會軟軟倒下。

力求表現的信妖，把自個兒分化為數十個部分，有的是伶俐的小丫鬟、有的是高壯的門衛、有的是灑掃內外的僕役，維持木府裡的事，樁樁件件有條不紊，沒出半點兒差錯。

每隔兩個時辰，熱燙的湯藥就會盛在白如玉、薄如紙的瓷杯裡，由丫鬟小心翼翼的捧著，送到姑娘休憩的地方。

姑娘休憩的地方，雖都在木府內，卻並非固定。好在姑娘歇在哪處，那兒的梅花就開得最是絢麗，丫鬟也才能在藥湯還熱燙時，順利送給姑娘服飲。

今日，趁著春日暖暖，雷剛抱著姑娘到庭院裡，坐在雕工精緻的木圈椅上。高大的身軀圈環著她，猶如護衛著無價珍寶，動作輕之又輕，捨不得扯疼她剛剛痊癒的傷。

他低下頭，親吻她的額。

每到喝藥的時候，他就會用這種方式喚醒她。

她澄澈烏黑的雙眸睜開，望進雷剛眼裡，軟甜的一笑，之後才看向四周。有幸見證到她醒來的梅花，因為太過激動，紛紛落下地來，鋪滿木圈椅四周。

「春天到了。」她低語，聲調暖甜。

雷剛點頭，單手端起瓷杯，湊到嫩嫩的唇邊。

她低頭啜了一口，才又抬起頭來，用脆脆的聲音問道：

「這個時節，你該帶領馬隊，去採購春茶了。」

「今年不去。」他說得輕描淡寫。

自從擔任馬鍋頭後，不論是活前為人，或死後為鬼，他年年都騎著棗紅色大馬，領著馬隊出城，帶回珍貴的春茶，以及各種高價物品。唯獨今年，他推卻商戶的請託，首次缺席。

姑娘自然懂得他的心思。

「陪了我整個冬天，難道不覺得悶？」她伸出手，輕撫那張粗糙的臉。

見他搖頭，嫩軟的唇嫣然一笑。

霎時，日光更亮了幾分，變得更暖和些。

「你不悶，我倒是覺得悶了。」

她將手抬得再高一些，綢衣的寬袖下滑，露出粉嫩的指掌。

「來。」她說了一聲。

一隻綠繡眼飛落，誠惶誠恐的停在姑娘的指間，青羽綠如嫩葉，雙眼周圍環繞著一圈白色細絨。姑娘的綢衣，頓時染上青羽的綠，卻遠比綠繡眼的顏色更為鮮妍動人。

「說些事情來聽聽。」脆脆的聲音下令。

榮幸之至的綠繡眼，絲毫不敢遲疑，即刻張開嘴，詳細說起了一件，關於今年初春時，發生的奇聞異事。

硯城以北住著一戶人家，世代以牧羊為業。

那家人姓蘇，賣的羊奶香濃、羊肉鮮嫩、羊毛輕暖，往往一送到市集上，很快就被搶購一空，就連鄰城也有人來高價購買。商家們有時候還需要事先預定，否則根本買不著。

貨物有好價錢，蘇家也過得安逸，幾代都沒出過什麼大事。

直到這一代，蘇家生了兒子，名叫蘇安。

雖然名為「安」，蘇安卻一點兒也不安分。不同於老實的家人，他有個壞毛病，就是愛說謊。

小時候，他跟著父親到草原去牧羊，總會偷偷摸摸的把小羊藏起來，再跑回父親身邊，氣喘吁吁的說：

「爹，不好了不好了！那邊的草地裂開一個大洞，小羊掉進去就爬不出來，咩咩咩的正在哭。」

他繪聲繪影的說著，彷彿也要哭出來。

焦急的父親，在蘇安的引導下，跑到那處草原，卻瞧不見大洞，更瞧不見小羊，以為是兒子記錯地方，連忙仔細追問。

蘇安裝出愁眉苦臉的樣子，先是說大洞明明在這兒，過不了多久，又說應該在左邊，等父親跑到左邊，他又說應該在右邊。待父親跑得滿頭大汗，在草原上兜了好幾圈，他才無辜的說，大洞肯定是閉起來，把小羊活吞了。

直到父親垂頭喪氣，揮趕吃飽的羊群，準備要回家時，發現有隻母羊偏偏不走，對著草叢咩咩直叫，循聲找過去，才發現被藏起來的小羊。

母親買回鮮魚，預備煮了當晚餐，他就躡手躡腳，把已經刮除鱗片、挖去內臟的魚丟進井裡，再跑去跟母親說：

「娘，不好了不好了！妳買的那條魚，跳進湯鍋裡就活了，噗通噗通的直翻騰，在鍋裡一圈一圈的游。」

母親到廚房一看，卻見湯鍋裡空空如也，完全不見魚的蹤影，只有煮滾的水直冒熱氣。還沒等母親詢問，蘇安就先大叫起來，信誓旦旦的直嚷，那條魚肯定是妖精，復活後就逃了。

直到第二天，母親打水的時候，從井裡撈出那條死魚，才知道又被兒子的謊言所騙。

這類事情數也數不完。每次謊言被拆穿，總免不了一頓懲罰。

然而，無論是挨打，還是挨餓，蘇安都不怕。長大之後更是變本加厲。

送貨進城的時候，看見七八歲的可愛娃兒，他便蹲下來，笑咪咪的湊到娃兒面前，悄悄跟娃兒說：

「你不是你爹娘親生的。」

娃兒一聽，驚得嘴巴大張，嘴裡的糖都滾落地上。

「你、你騙人！」才說一句，娃兒就快哭了。

「是我親眼瞧見的。」

他繼續編造，把謊話說得像實話那麼認真：

「那年，你還是嬰兒的時候，你爹用五頭牛，跟人口販子買了你。」

娃兒淚流滿面，抽噎的扔下糖果，遠遠看見爹娘來了，嚇得拔腿就跑。被雙親追上時，娃兒哭嚷著滿地亂滾，直說要找真正的爹娘，耗費許多時間，好不容易才安撫下來，小臉上早已沾滿泥與淚。

問清楚原委後，娃兒的雙親火冒三丈，想前去跟蘇安理論，他卻早已賣完貨物，離開硯城去了，沿途還哈哈大笑，樂得像是天上掉下銀兩，被他撿了個滿懷似的。

回到家裡，妻子見他笑得開懷，好奇的問了一句，他笑得更開心。

「我在城裡遇見一個無依無靠的孤女，決定要帶回來當小妾，現在先回來準備準備。」

他翻出客人來時，才會用上的被褥，放到客房裡頭，一邊吩咐妻子：

「往後，多了個人陪妳，開不開心？」

妻子當場就哭出來。

爹娘聞聲而來，知道兒子壞毛病又犯了，直忙勸媳婦別哭，又把兒子痛罵一頓，哄著媳婦到外頭去，不理會仍在鋪床的兒子。

漸漸的，蘇安惡名遠播。硯城裡的人只跟他買貨物，無論他絞盡腦汁說多少謊話，全都置若罔聞，最多也僅是聳聳肩，露出嘲弄的笑。

連硯城裡的人都不信他的謊言，何況是家人？

日子久了，蘇安的笑容逐漸消失。

他不怕打、不怕罵，唯一怕的就是謊言沒人信。整個冬天，外頭狂風暴雪，他坐在火邊悶悶不樂，連話都懶得說。

說話不能騙人，還有什麼意義？

他吃不下、睡不著，一日比一日消瘦。家人急得團團轉，故意假裝信了他的謊話，卻因為反應不對，被他一眼識破，惹得他更頹喪。熬到冬去春來時，蘇安整個人虛弱得只剩一口氣。

家人偷偷拭淚，絕望得開始準備後事。父親到城裡頭，買回白麻白棉、白衣白鞋，順口提起硯城主人受傷的事。

猛地，只剩一口氣的蘇安，陡然跳下床來，甩著一頭亂髮往外衝，遠遠的還沒跑進四方街，就一邊跑一邊大叫：

「魔來了！魔來了！」

四方街的人與非人，臉色愀然一變。

「姓蘇的，你又在說什麼瞎話？」

曾經被騙的人，一見到蘇安，立刻怒氣沖沖的責問，半個字都不信。

骨瘦如柴的蘇安，喘著氣猛搖頭，只差沒哭出來。

「是真的，我的爹、我的娘、我的妻子，還有家裡的羊全被魔物吃了。我只被咬了一口，就瘦成這樣。」

他撩起袖子，露出細瘦得像枯枝的指掌。

這下子，眾人的臉色都變了。

雖說蘇安說謊成癖，但往常說得再誇張，也不曾咒過自個兒家人，原本不信的人與非人，不由都有些動搖。四方街旁的柳樹，一棵棵疑慮得垂枝打結，剛冒出的嫩芽，怕得都縮了回去。

有人還要質疑，口氣卻不太肯定：

「你別胡說，硯城裡有姑娘在，哪會有什麼魔物膽敢闖進來？」

「但是，姑娘不是受了重傷嗎？」

這句話戳進每個人心裡，恐懼從被戳破的細孔，點點滴滴滲漏，連空氣裡都聞得見恐懼的氣味。

蘇安還在說。

「那些魔物，肯定是覷著姑娘重傷，才膽敢潛來禍害硯城。」

他跪在地上放聲大哭，愈說愈傷心：

「爹、娘，還有我那如花似玉的娘子啊……你們等著，魔物就要來吃我，到時候，我們一家就可以團圓了。」

聽見魔物要來，人與非人嚇得一哄而散。

商人扔下高價的貨物，急忙往客棧裡擠，直到被擠成薄薄一片的掌櫃，連呼再也擠不進了。有好心的商家，收留無處可躲的商人；至於不好心的商家，也歡迎人們來躲，只是進門之前，必須交出所有銀兩。

鬼也害怕不已。魔物會吃人，難保不會吃鬼。

鬼化作一縷縷輕煙，各自鑽進石碑裡，潛回墳墓裡頭，抓起往生被把頭蓋上，怕到整副棺材都抖，一座座墓碑晃動不已。

不怕一萬，就怕萬一，妖也急急逃竄。

有的跳進水裡，變成魚游走；有的雙袖一掀，化為鷹、化為鳥、化為蝶，匆忙飛離時，羽翼遮蔽天際，白晝有那麼一瞬間，漆黑得如同黑夜。還有自知跑不快的，索性自暴自棄，當場凝成石像。

熱鬧的四方街，轉眼間變得冷冷清清，客棧跟商戶的門窗緊閉，人、鬼、妖沒了蹤影，偌大的廣場只剩蘇安，臉上的淚水都還沒乾。

他環顧四周，嘴角咧得愈來愈開，悲苦的哭聲變得模糊。終於，他再也忍不住了。

蘇安放聲大笑。

「哈哈哈哈哈！你們這些笨蛋，哪來的魔物？」

回想方才人與非人，嚇得躲的躲、逃的逃的情況，他就笑得喘不過氣來。這是他有生以來，最成功、最得意的謊言。

瘦弱的臉龐，變得容光煥發。謊言得逞的他，趁大夥兒反應過來前，一邊笑一邊往城外跑，把咒罵聲都拋在腦後。

這個謊言很有效。

畢竟，姑娘受傷是事實，利用眾人的恐懼，蘇安用這謊話又得逞了幾次。儘管得到的反應愈來愈差，他卻樂此不疲。

說謊的成就感，比美食更能滋養他，讓他覺得無比充實。縱使把人與非人都得罪了，他仍舊無法捨棄這種成就感。

只是，蘇安的家人卻起了變化。

最初是父親。

雖說上了年紀，父親的髮絲卻根根烏黑，體力也不遜青年，諸如剝皮宰羊這類活兒，做得比蘇安更順手，絲毫不見老態。

但是不知從哪天開始，蘇安用過早飯，出門要去牧羊時，卻看見父親一臉茫然，站在門口就像生了根似的，一動也不動，雙眼視而不見的看著外頭。

「爹，我要出門了。」他說。

父親沒有反應，宛若沒聽見似的，眼裡沒有半點神采。

「爹？」

父親依舊沒動彈。

「爹！」

經過幾聲響亮叫喚，父親才如夢初醒，很緩慢、很緩慢的吸了一口氣，接著更緩慢的轉過頭來，慢到牆上的蜘蛛，都結好了一張網。

「爹，你怎麼了？」蘇安問。

父親嘴唇張開，老半天後才吐出一句話：

「沒——沒——沒——沒事——」

「您餓了吧？」

他猜測，父親該是餓過頭了。

「快去吃早飯。要是覺得身子不舒服，今天就好好歇息，等我回來再宰羊。」

看見父親的頭輕輕點了一下，蘇安拿起趕羊的鞭子，戴上斗笠就出門，趕著一大群羊到草原上去。

這樣過了幾日。有一天他牧羊回來，還沒踏進家門，遠遠就聞到一股焦味。他趕忙加快腳步，匆匆跑回家，剛打開門就被撲面的黑煙嗆得直咳嗽。

「爹！娘！」

他雙手亂揮，焦急的喊叫，卻看見父親坐在桌邊，母親則是站在廚房的爐灶前，爐上的大鍋早已燒乾，冒出陣陣黑煙。

他一手抓住父親，一手拉起母親，一時卻覺得父母沉重不已，彷彿地面有股強大吸力，再一用力那股力量卻轉瞬消失。他驚險的踉蹌幾步，差點跟父母一起摔跌在地上。

把父母帶出門後，他拿起井邊的一桶水，回廚房往發紅的鐵鍋就倒。鐵鍋像是活物般，發出滋滋滋的聲音，噴冒出白煙，才漸漸冷卻。

確認安全無虞後，他抹著汗水，走到屋外，想開口詢問爹娘，為什麼放著鐵鍋燒乾？鍋裡的湯料都燒糊了，黑得看不出是肉還是菜。卻看見爹娘都站得直直的，雙眼比濃墨更漆黑。

莫名的，蘇安只覺得毛骨悚然。

雖然大聲叫喚後，爹娘還是有反應，但都慢得驚人。妻子取代母親做飯，無論煮得多豐盛，爹娘都不為所動，各自在家裡，一停就是大半天，就算強拉到餐桌旁坐下，兩人也吃得極少。

蘇安雖然愛說謊，倒也還有一片孝心。

他一開始思索著，要去城裡找大夫，請到家裡來瞧瞧爹娘，是不是得了某種疾病。但是，謊話說多了，這會兒進城裡，別說是請大夫，只怕還沒開口，就會被轟走。

再說，爹娘雖然吃得少，容貌跟身體卻都沒有衰老。這種病症頗不尋常，一般的大夫可能也醫治不了。

想了許多日，就連夜裡他也輾轉難眠，擾得妻子同樣難眠。

那夜，他考慮許久，終於說出決定：

「不如，我到木府去求姑娘吧。」

這該是最好的辦法。

「姑娘雖然受傷，但左手香可是好好的，她肯定能救治爹娘。」

明天，他就去木府前請求。

向來有話必回的妻子，難得沒有回應，背對他側身躺臥。長長黑髮披散在床鋪上，柔潤得像上好的黑絲。

「喂。」

他伸手輕推妻子：

「妳聽見我說的話了嗎？」

妻子還是沒有答話。

「睡著了嗎？」

這可真難得。妻子睡得淺、睡得遲，自從新婚之後，每晚都是蘇安先入睡的，他從未見過妻子的睡相。

好奇心使然，他悄悄坐起來，探身彎腰朝妻子的臉看去。不看還好，這一看他嚇得魂都要飛了。

只見妻子雙眼一眨也不眨，空洞的直視前方，呼吸變得極慢，呼出一口氣後，要過許久才會吸氣，症狀跟爹娘一模一樣。

蘇安驚叫一聲，嚇得摔下床，聲響在夜裡格外清晰。

極為緩慢的，側臥的妻子微微一動，披散的髮絲一根根，自有生命的嵌進床鋪，將背對他的妻子慢慢的、輕輕的扯過來，直到最後那張空洞的臉，終於翻了過來。

這漫長的時間裡，蘇安始終坐在地上，手腳嚇得發軟，一動也不能動。

「相──相──相公──」

妻子叫喚著，髮絲朝前探來，隔空射入他的手臂，一吋吋鑽探入裡，在肌膚下蠕動，卻沒帶來半點疼痛。

臉色蒼白的蘇安深吸一口氣，接著張大嘴，發出魂飛魄散的慘叫。

❀

第二天清晨，四方街再度傳來哭喊。

「魔來了！魔來了！」

蘇安連鞋子也沒穿，半夜就衝出家門，一邊跑一邊跌，好不容易來到四方街，急著向眾人報信。這次，他說的是實話。

「魔物占據了我爹、我娘跟我妻子，現在就要爬進我身體裡了。」

他掀開衣袖，露出手臂上的一綹長髮。那是他用盡力氣，才從妻子頭皮扯下來的。

「誰幫幫我，快把這魔物取走！」

他又哭又求，在石磚上猛磕頭，直到額頭都流血，卻還是沒有人理會。

往來的商人忙著買賣貨物；客棧裡外熱鬧得很，掌櫃的招呼客人吃飯喝酒；商家門口的店員朗聲介紹，店裡新進了哪些日常用物，或是奇珍異寶。

鬼拿著冥餉，跟石匠商量，要換掉殘破的老舊墓碑，換個式樣新穎的，碑上的題字最好是東街王夫子的，因為王夫子的字跡飽滿，看著就喜慶，不像西街陳夫子的字那般太過清瘦。

人與鬼都不理會他，就只有妖聚過來，在蘇安身邊圍了一圈。

「你這謊話都說多少回了，怎麼不改改呢？」

狐妖掩著嘴，毫不留情的嘲笑，即使蘇安額上的血，都濺紅她的衣裙，她也不當真。

魚妖笑得太用力，衣衫一小片一小片剝落，落地就化為晶瑩的鱗片。

「傻子，你以為誰還會上當？」他們都被騙過數次了。

蘇安絕望的哭喊：

「這是真的！真的是真的！」

「你每次都說是真的。」

衣衫豔麗的鳥妖提醒，笑得合不攏嘴。

「不過，這次倒是特別賣力。」

「是怕騙不過咱們吧？」

「喔喔！瞧，頭都磕破了。」

群妖的嘲笑此起彼落。蘇安哭啞了嗓子，懊悔謊言成真，他卻早已沒了信用，無論人與非人都不肯信他。

「我、我有證據。」

他淚流滿面，伸出手臂，讓群妖看見手臂上的烏黑髮絲。那綹長髮變得比先前短，有一大部分已經鑽進他身體裡。

狐妖嬌笑著，望了望四周，率先問道：

「誰信呢？」

群妖異口同聲的回答：

「不信！」

說完，眾妖散去，拋下痛哭不已、拚命想把髮絲拔出來的蘇安。他在原地跪著，哭到日落時分，哭聲愈來愈小，間隔的時間也愈來愈長。

最後，當髮絲完全鑽入他體內，從外頭再也瞧不見異狀後，他便用最緩慢的速度，搖搖晃晃的起身，表情不再悲戚。

他雙眼空洞，拖著腳步，在無人理會下，用慢得出奇的速度往家的方向走去。

之後，城內再也沒人見過蘇家的人。

綠繡眼說到這裡便停了。

聽到一半時，就閉上雙眼的姑娘，看似睡得香甜，但抱著她的雷剛，知道她並沒有睡去。

「要不要我去瞧瞧？」他主動問道。

「不用。」

姑娘睜開雙眸，微微一笑：

「讓信妖去就好。」

話音剛落，一隻米色蝴蝶就翩然落下，落地時化作一個年輕男人，畢恭畢敬的跪在姑娘面前。聽見姑娘提到自個兒，信妖即刻趕到，深怕有所耽誤。

「我這就去蘇家瞧瞧，肯定快去快回。」就連聲音，它都調整得極為悅耳。

姑娘揮了揮手，年輕男人這才敢起身，往木府外頭走去，在梅花掩映之間，很快就看不見身影。

直到傍晚，喝過今日的最後一碗藥後，信妖才回來，恭恭敬敬的報告。

蘇家四口人都變得遲鈍，羊群不知何時都逃走，在草原上四散吃草。雖然，蘇家的人還能動彈，但動作很慢，一個個都站在屋外不動，大聲叫喚後多少有些反應，但看那狀況，肯定只剩下人的外形，內裡不知是被什麼占據了。

信妖剪下蘇安的一綹髮，回木府之後，聰明的先將髮絲送到左手香那兒，問出一些端倪後，才興沖沖的來到大廳裡頭，眉開眼笑的回覆。

「姑娘，這是一種真菌，冬季時會尋找動物當宿主，然後緩慢蠶食，直到夏季時，死去的宿主雖然外形不變，但其實已經成了植物。」

它喜孜孜的說道：

「左手香說，這東西特別滋補，是不可多得的藥材。」

聽見有好藥，姑娘卻意興闌珊，沒有要信妖去看守，更沒有在夏季時採摘回來，入藥補身療傷的意思。

「這東西是外來的？」她輕聲問，神態若有所思。

「是，左手香說，先前只曾耳聞，如今才親眼見著，她還取了一些，預備用蟲子當宿主來培植。」

信妖說得仔仔細細。

聽完之後，姑娘靜了一會兒，半晌後才又開口。

「我知道了。」

她說：

「你下去吧。」

滿懷困惑的信妖，不敢多說半個字，悄悄退出大廳。

姑娘臥在雷剛懷裡，輕輕吁出一口氣，綢衣上的顏色漸漸淡去，綠意濃縮再濃縮，最後化為一滴綠水，染綠大廳的一塊磚。

硯城四周有結界環繞，只有人類能自由進出，非人者不能擅闖，也不能離開。但是，早在前任責任者公子歸來時那一戰，結界就有了裂縫，導致硯城內開始出現不速之客。

而入冬之際，那場爭奪山藥的大戰，不但讓她身受重傷，萬年積雪不化的山巔裸露，也暴露山藥的位置，這將會引來更多來意不善的非人。往後，當惡意的非人愈來愈多、勢力愈來愈龐大的時候，硯城將會產生什麼變化？

她閉眼思考著，嘴角似笑非笑，想著綠繡眼說的內容。

言語說出就有咒力。蘇安說了一輩子的謊，每個謊都傾盡心力，尤其是最後一個，因為說得太逼真，於是謊言就成真。

魔，來了。

貳

烏鰂

春暖的那日，油菜花開放到鼎盛。

薄薄的黃嫩花瓣、淺綠的莖、深綠的葉，遍布在硯城以東的草原，就連雪山山麓較低的地方，也看得見油菜花的蹤跡。

春日時油菜花開得到處都是，人們愛在這時出城踏青，觀賞嫩黃的花瓣，在油菜花叢間嬉戲。有情男女們想避開人群，就躲在花叢深處，輕聲互訴甜言蜜語。

這一日，木府裡也開滿油菜花，處處是鮮妍的薄黃色。

以往，雷大馬鍋頭總會騎著棗紅色大馬，帶著姑娘出門遊玩。

但是姑娘冬季時，與公子一場惡戰，受了重傷還需要休養，不能出木府，更別說是去郊外踏青。

油菜花們商量後，決定讓開放得最美的那些，進到木府裡去綻放，好讓姑娘能在雷大馬鍋頭陪伴下觀賞花景。

雖然油菜花有心，但這件事情原本在木府裡的花木們是不同意的。畢竟春日裡百花爭豔，個個都想討姑娘歡心，要花木們暫休一日，讓油菜花獨占春色，花木們哪裡會肯？

還好，蝴蝶耐心的居中調解，說這都是為了讓姑娘高興，傷病才好得快，花木們才勉強退讓。

垂絲海棠心胸最寬大，讓出綻放的日子。

當雷大馬鍋頭小心翼翼的抱著姑娘，來到庭院裡，在灰衣丫鬟擺設好的精緻圈椅坐下時，油菜花們株株抖擻精神，開得盛之又盛，

姑娘輕眨清澄的雙眸，嘴角噙著笑，伸出粉紅色的嫩嫩指尖，輕觸一瓣油菜花，嬌美的黃色就從衣袖開始染透，漸漸漫滿素雅綢衣；莖的淺綠化為棉襪的顏色；鞋則是葉的深綠，鞋面的繡樣，就是含苞的薄黃油菜花。

「好不好看？」她側著頭，凝望抱著她的男人。

「好看。」雷剛衷心說道。

「是衣裳好看？還是襪子好看？抑或是鞋子好看？」

「都好看。」

她還要再問。

「多好看？」

「很好看很好看。」他說。

姑娘心滿意足，嫣然一笑，這才望著觸目可及的油菜花們說：

「你們好看，都好看。」甜脆的嗓音，動人心魄。

油菜花們陶醉不已，更用心綻放。

就連木府裡暫休的花木們，也與有榮焉，深深覺得讓油菜花入府，真是個正確的決定。

蝴蝶化為人形，頭戴金絲冠，身披黑衣緄紅邊，恭敬的走上前，腳步觸地沒有半點聲音。她手裡端著水晶杯，杯中濃液呈淡琥珀色，散發著香氣。

「姑娘，這是油菜花蜜，滋味甜潤。」

蝴蝶細心篩選過這季的所有油菜花蜜，取得最好的一小杯獻上。

「以往我也吃這蜜，只是現在還喝著藥，吃什麼都先問過左手香吧。」

姑娘輕聲說道，模樣依舊嬌美如昔，但的確仍有些憔悴。

「是。」

蝴蝶恭敬退下，離開庭院後消失在迴廊盡頭。過了一會兒，黑衣緄紅邊才又出現，金絲冠低垂，神情很是高興。

「回稟姑娘，左手香說，油菜花蜜性甘溫，能清熱潤燥、散血消腫，對您的身體有益，是能喝的。」

「那我就嚐一些。」

她說著。還沒伸出手，雷剛已經把水晶杯接過來，遞到她面前。

「來，先喝兩口就好。」

他吩咐，比誰都用心：

「妳胃口小，現在不能整杯都喝，免得午膳吃不下。剩下的蜜，讓妳喝藥後，再吃些去掉嘴裡的苦味。」

「都聽你的。」

姑娘唇上彎著笑，從水晶杯裡，乖乖的喝了兩口蜜，不多也不少。眼裡看著花、嘴裡嚐著蜜、身旁有心愛的人，她心情很好，依偎進雷剛的胸口，慢條斯理的說道：

「最近城裡發生了什麼事嗎？」粉嫩的十指纖纖，把玩著雷剛的髮。

油菜花們面面相覷，實在不想壞了良辰美景，遲疑著不知該不該開口。

「什麼事都能說。」

姑娘很瞭解，露出有些無奈的笑：

「畢竟，我仍是硯城的主人，事事都必須管著。」

木府的主人，就是硯城的主人。

既然是主人就必須管事，不論是人與非人、大事或小事，姑娘都會留意。雖然休養中不踏足木府之外，但是硯城內外的事情，她都要一樁樁、一件件處理。

於是，其中一株油菜花，說出硯城最近鬧得最厲害的事。

※

春雪還沒有融化時，硯城裡出現一個女人。

她自稱姓黑，名瑩，是個寡婦，模樣富泰，生得寬胖卻動作靈活，衣衫雖都是一個款式，但顏色不少，有時是棕色、有時是褐色、有時是黃色、有時是紅色、有時是黑色。

不過，黑瑩的衣衫，無論是哪一件，兩邊都有寬幅，走起路來兩幅搖曳，看來很有韻緻。

城裡有空屋，她就去找屋主，說自己能代為仲介。

屋主見她是陌生臉孔，很是謹慎，但是她很殷勤，接連上門好幾次，態度相當誠懇。屋主受到感動，兩方簽下合約後，就把空屋交給她處理。

黑瑩先花一番功夫，把空屋打掃得一塵不染，還在門前種下鮮花，才在四方街廣場貼上「吉屋出租」的告示。

有人來看屋，她就笑容可掬的帶領，不但介紹屋子，還把周邊的環境都說得仔細。

第一個人看了，雖然心裡中意，但是想壓低租金。

「租金有點超過我的預算。」那人故意說。

「是嗎？」

黑瑩笑容滿面，也沒有氣惱，仍舊很有耐性：

「跟附近的房租比起來，這兒已經比較低了。」

「那我回去考慮考慮。」那人說。

「好的。」黑瑩送著他出門。

誰知道他才剛踏出門，就有第二個人來說是看了告示，要來看屋子。黑瑩於是領著第二個人進屋。

聽了介紹、看了環境，第二個人問到租金多少，黑瑩說出的數字跟第一個聽到的一樣。

「好，那我租了。」第二個人想也不想的說。

「謝謝，我這就拿租約讓您看。」

黑瑩笑呵呵的，從寬大的袖子裡拿出租約，跟第二個人詳細解說。

第二個人當場便簽下租約，說好隔天就按照租約上寫的，付半年的定金加第一個月的租金。第一個人站在一旁，看到中意的房子被租走，雖然懊悔不已，卻也無可奈何。

黑瑩收到銀兩，扣掉仲介費後便交給屋主。屋主知道她奔走得勤快，於是把手邊兩棟空屋，也交給她仲介，果然很快的也租出去。

其他手中有空屋或空地的人與非人，聽到黑瑩的名聲，都找上她。雖然她收的仲介費比別人高一些，但大家都想讓她仲介，連原本由別人仲介的，也解了合約，轉而交給黑瑩。漸漸她變得十分忙碌，處理的案件很多。

雖然姓黑，但是她的雙手很白，十指特別靈活，撥算盤時指尖動得很快，幾乎讓人看花了眼。

原本以仲介為業的，案子都變少了，個個愁眉苦臉。

「唉，陳員外的那些屋子，原本是我代理去租的，現在都被黑瑩搶去了。」穿藍衣的仲介說。

「別說了，王寡婦的那幾塊地，也改讓黑瑩仲介去賣。」穿綠衣的仲介說。

「偏偏，她就是能把屋子跟地很快的租出或賣出。」穿金色的仲介說。

「她很用心，這點我們真的都比不上。」穿藍衣的仲介說。

「是啊是啊。」

「我們倒是也該學學。」

「對。」

「要學要學。」

穿壽衣的仲介遠遠走過來，一臉苦相，還沒說話就先嘆氣。

「唉。」

「怎麼了？」藍衣、綠衣、金衣的仲介一起問。

「黑瑩開始接墓地的案子了。」不僅人的飯碗被搶，連鬼的飯碗都不能倖免於難。

「她不是很忙嗎？」藍衣仲介很訝異。

壽衣仲介點頭，再嘆一口氣，鬼氣沖天。

「說來奇怪，她推掉幾件賣地租屋的案子，挪出時間來處理墓地，現今賺銀兩也賺冥錢。」

「你們覺得，我們是不是乾脆去找她，請她收我們當手下，可以幫著她跑腿？雖然賺得少些，但不怕沒工作可做。」金衣仲介提出想法。

藍衣、綠衣跟壽衣同時用力搖頭。

「不可以，我們要有骨氣。」

「是啊！」

「再怎麼說，都不要去替外來的工作。」

金衣仲介有點委屈。

「好好好，我也就是提提嘛！」

「提都不要提。」

「是啊！」

「要有骨氣。」壽衣仲介拉開衣裳，露出一身骨頭。

彼此打氣後，三人一鬼散去。

但是，說歸說，每個人心裡想的可不是那回事。

藍衣仲介離開四方街，立刻就去找黑瑩，毛遂自薦說早就想替黑瑩工作，即使把腿跑斷也心甘情願。

綠衣仲介吃過晚飯後，提著禮物上門，滿嘴說只要黑瑩雇用他，他就對她忠心不二，把她當仲介業的馬鍋頭，而他唯馬首是瞻。

壽衣仲介半夜從墳裡爬出來，看見黑瑩住的屋裡，仍透著一抹燭光，知道她還沒有睡下後，才小心翼翼的敲門，等她開門之後就說，墓地跟鬼客戶的事情都交給他，從此黑瑩都可以早早睡覺，夜裡有他奔波就行了。

金衣仲介倒老實，事後聽到朋友們不講義氣，乾脆跟他們絕交。

黑瑩沒有接受仲介們的請求，都客氣的拒絕，還介紹他們許多她拒絕的案子。他們連忙跑去搶案子，彼此爭破頭。

到春暖的時候，事情開始出現異狀。

吃得比剛來時胖大的黑瑩，衣衫鮮豔，在陽光下一會兒紅、一會兒黃、一會兒黑白相間、一會兒還有斑點，衣衫上的顏色彷彿能流動似的。她走過四方街廣場，經過百壽橋時，站在橋上往底下看了一會兒，露出貪饞的神情，還嚥了好幾口唾沫，之後才又往前走去，來到她第一間仲介租出的房子前，伸出白白軟軟的手敲門。

房客打開門，看見是她，覺得有些訝異。

「是黑瑩啊，妳怎麼是今日來呢？不是再過十一天才到該交租金的日子嗎？」

黑瑩搖頭，水光亮亮的黑眼凸起，鼓鼓的眼白裡是黑濃的眼珠子，原本笑彎彎的嘴，這時往下彎，滿臉不耐，拿出當初雙方簽妥的租約，硬湊到房客面前。

「你占著屋子，沒付定錢跟租金，我不跟你計較。有人租了這間屋，你明天就給我收拾乾淨，快快搬出去。」

她邊說，從腋下到腳踝的兩邊寬幅，無風自動飄啊飄。

房客大驚失色。

「我們當初不是簽了約嗎？」

黑瑩翻了翻眼，一時竟看不到眼珠，只見兩眼都是凸起的白。

「誰跟你簽約？看清楚，這才是租約，上頭寫的是我跟別人簽的名，白紙黑字的，你可不要看我是婦道人家，就想要耍賴。」

她把租約扔到房客臉上，冷冷的笑著。

房客接過租約，憤恨不平的跺腳。

「妳別想騙我，當初合約是一式兩份，我這裡也有留底。」

他轉身去屋裡找，果然過了一會兒就翻出他那份租約，怒氣沖沖的拿到黑瑩面前：

「妳可要看清楚了！」

黑瑩連看都沒看一眼，懶洋洋的說道：

「你自己才要看清楚，那份租約上有我，還是你簽的字嗎？」

「當然有！」

黑瑩伸出手，朝著紙面戳戳戳：

「給老娘看清楚點！」

房客定睛一看，瞬間駭然不已。原本雙方簽名的部分，竟然是一片空白，這份租約根本沒有效力。

「但是——但是——我們明明就簽約了啊！妳上個月來拿過租金的，我還請妳喝茶，我——」

房客愈來愈驚慌，愈來愈來不知所云。

「別囉唆了，限你明天就搬。」

黑瑩收回跟新房客簽妥的租約，轉身就要離開，往百壽橋方向走。

「妳、妳這是詐欺！」房客哭了。

黑瑩冷冷淡淡的道：

「有租約為證，誰能說我是詐欺？」她不再理會，高傲的走開。

房客心有不甘，抹乾眼淚去找屋主，訴說黑瑩的惡劣行徑。屋主是厚道的人，聽了也覺得不應該，就找人去叫黑瑩來一趟，誰知道從早晨等到傍晚，她才姍姍來遲，臉色很難看。

「老娘事情多著呢！你們不要太過分。」

她惡人先告狀，輪流指著房客跟屋主咄咄警告，眼睛都凸出來，衣衫變得很白，兩幅劇烈飄動。

「妳這人太不禮貌了，往後我的屋子都不讓妳仲介！」

屋主很生氣，即刻就要停止雙方合作，鐵了心要把屋子留給原來房客。

黑瑩抖肩嗤笑，從鼻孔噴出兩柱水。

「什麼你的屋子？那些屋子都是我的！」

她雙手插腰，鼻孔噴出更多水，灑得滿地都是。

屋主氣壞了。

「胡說八道，屋子只是交給妳仲介，怎麼會是妳的？」祖宗交代過，屋子都是祖產，只能出租不能賣。

黑瑩的衣衫顏色變紅，兩幅抖動著，一邊噴水一邊冷笑，從衣袖裡拿出紙張，丟到屋主面前。

「你識字，自己看。」

屋主拿起紙張，仔細看了看，愈看愈是臉色發白，連忙回屋裡，翻出自己留的那一份，卻發現上頭的字都消失，只剩一張乾淨白紙。而黑瑩拿出的那份，明明先前簽的是代為租讓的約，這會兒「代為租讓」四字，卻變成「無償轉讓」，而落款簽字的確是他的筆跡，完全否認不了。

他竟在不知不覺中，把祖產無償賣了。

愧對祖宗的屋主，雙眼一翻、雙腳一軟，咕咚一聲倒在濕濕的地上，就這麼一命嗚呼，變成鬼跟祖宗十八代磕頭道歉去了。

「妳、妳、妳這個——妳這個惡婆娘！竟然害死屋主，真是沒血沒淚，冷血到極點！」

房客抱住屋主的屍首，邊哭邊罵，卻對黑瑩無可奈何。

她把人活活氣死，竟然很是得意，收起紙張放回袖子裡，衣衫顏色流動，兩幅優雅的飄啊飄，頭也不回的離去。

等到人們被房客哭聲吸引，群聚過來詢問，從房客口中得知黑瑩的惡行時，地上的水已經被曬乾，只留下晶晶亮亮的細小顆粒，竟是鹽粒，而且還是海鹽。人們知曉後，趕忙奔相走告，相互提醒該要小心。

但是，這時已經太晚了。

委託黑瑩仲介房屋與土地的人與非人太多，都被同樣的手法，拿走原本屬於自己的土地，連棲身的地方都被奪走。

已經租了，或是買了的人與非人，也收到黑瑩警告，限時第二天就要捲鋪蓋搬走，翻出的合約，都與當初簽的不同。

原本受害者們商議，不搬就是不搬，硬要留下來。

但是，到了第三天，無論屋前、地前或是墳前，都來了外地的人與非人，拿著跟黑瑩簽好的約，硬是把原來的人與非人趕走，粗暴的把家具或棺材丟掉，逕自住進硯城裡外。

頓時，城裡城外多了好多好多，外地來的人與非人，有的安分有禮、有的氣焰囂張，鬧得原本的住民們人心惶惶、鬼心慌慌。

被趕出住處的人，把家當搬到四方街廣場，餐風露宿的很是可憐，附近店家於是送來食物跟被褥，酒店還免費讓出房間，讓無家可歸的人可以洗熱水澡、睡個好覺。但是人數實在太多，酒店裡擠不下，民居也開放，讓人們擠一擠。

住在祠堂裡的鬼們也共體時艱，讓被趕出墳、抱著自個兒墓碑的鬼，到祠堂裡分點後人的香火。

人與非人都過得辛苦，搬進硯城來的外地人、外地鬼、外地妖則愈來愈多。

✻

油菜花說到這裡就停了。

姑娘靜默了一會兒，環顧四周千萬株油菜花，每一株接觸她目光的油菜花，都幸福得綻放再綻放，頓時鮮黃濃豔。

「這件事發生有多久了？」她問。

「有七日了。」油菜花們齊聲說道。

「為什麼到現在才告訴我？」

她語氣中沒有指責，卻有一絲絲失望。油菜花們自責不已，瞬間凋零枯萎，倒伏在地上。

「我是木府的主人、硯城的主人，發生了這麼大的事情，卻遲了七日才知曉。」

蝴蝶跪在地上，幾乎要埋進枯萎的油菜花中，金絲冠垂得低低的，黑色帶紅的翅膀因恐慌而褪色。

「是人與非人都體恤姑娘有傷，所以忍著不敢說，更不敢來通報。」薄薄的翅膀顫抖不已。

「是不敢，還是不信賴我了？」姑娘問，嘆了一口氣。

輕輕的一口氣，卻比凜冽的北風，讓花木們更承受不起，原本綻放的花朵、含苞的花蕾、抽芽的綠樹，紛紛因為自責而凋零，庭院原本欣欣向榮的春景，竟又變成蕭瑟的冬景，入眼皆是枯敗。

還好，雷大馬鍋頭說話了。

「大家是疼愛妳，並不是有意欺瞞。」

他把水晶杯湊到潤軟的唇瓣旁，餵著姑娘再嚐了一口蜜：

「別怪他們，我也有錯，都陪著妳休養，外頭發生什麼事情卻不知道了。」

嘴裡嚐著蜜，又聽心愛的人自責，姑娘唇上才漾出笑，伸手貼著雷剛的胸口，輕聲說道：

「你哪裡有什麼錯？錯的是那個黑瑩，壞了我們今日的興致。」

她垂落的綢衣一揮，鮮黃的顏色就灑遍四周，枯萎的油菜花們又重拾生機，紛紛直立開放。

「你們來說這件事，是通報有功，所以有賞。」

油菜花們太歡欣，覺得能受姑娘誇讚，就備感榮幸，不敢問有什麼賞，全都安安靜靜，等著姑娘發落。

「來。」她輕喚。

一株枯槁的梅樹，立刻蓬開飄起，化為一張紙，折成紙鳶的形狀，角落有一枚豔紅的印。

「在。」

信妖停在半空，不敢靠得離姑娘太遠，怕她說話要揚聲，會平白動了力氣；也不敢靠得離姑娘太近，怕她覺得礙眼；最最最不敢的是，影響兩人依偎的甜蜜時光。

換作是以前，出了這樣的事情，八成就是它作怪，在合約上動手腳，擾得城裡城外人與非人都怨聲載道。但是，自從它被姑娘收服、蓋上朱印之後，可就安安分分，忠心聽姑娘役使。

遭遇公子的攻擊、夫人的反撲後，它更是忙前忙後，頂上黑龍的份，做事更用心勤奮。

「那個黑瑩聽起來，該是個水族。既然是水族的事，就交給黑龍處理。」她吩咐，脆脆的嗓音很是悅耳。

向來聽命的信妖，難得遲疑了。

「呃……」

她側頭，雙眸綻著潤潤的光，浮現朦朧睡意。

「怎麼了？」

「但是，黑瑩聽起來，該是海裡的妖物。」

「然後呢？」她連聲音都慵懶。

「臭泥鰍是住在水潭裡的，怕是沒見過海呢。」信妖說得小心翼翼。

「這你別擔心。」

姑娘說道，聲音漸漸小了：

「你只要去通知黑龍，要他辨好就行。」

「不過，臭泥鰍的傷還……姑娘？」

信妖瞧著，看那張嬌小臉兒，已經閉上雙眸，窩靠在雷剛的懷中，綢衣的黃色順著衣袖流下，落地沒有聲音；襪子的淺綠，跟鞋子的深綠也留不住，像是退潮般褪去，鞋面繡花凋零。

顏色落得太快，連姑娘的血色，還有髮絲的烏黑，都被帶走了一些。

雷剛伸出食指，在薄唇上輕點，對信妖搖頭示意。

它立刻就懂得，趕忙指示庭院裡的花木都安靜，不許打擾姑娘休息。

雷剛抱著懷裡的嬌小人兒，無限愛憐，讓她能安穩熟睡。他輕揚食指，朝黑龍潭的方向指去。

信妖領命，即刻飛翔上天，出了木府去通知黑龍。

忙碌了幾個月，黑瑩真的累了。

好不容易才把房啊地啊墳啊，都拐騙到手，再分派給外來的人與非人居住，總算告一段落，她終於可以放鬆一些。

近水樓台先得月，她這麼辛苦，當然給自己留了最舒適的一間屋子，裝潢得很是美觀，把海裡的珊瑚、貝殼、珍珠擺得滿屋都是。大廳裡沒有家具，而是放著一個好大好大的浴缸。

這樣的浴缸，能讓十個男人同時浸泡，她卻是獨享。

先把大量的鹽，放進浴缸裡頭，再放水進去。水溫絕對不能燙，要涼涼的但有些暖，不過硯城裡的雪水太冰，她也不喜歡，必須稍微煮一會兒。

然後，她拿來一個鍋子，上頭有密實的蓋，並沒有煮，就這麼擱在浴缸旁。

布置妥當後，她才穿著衣衫，踏進浴缸裡，鮮豔的衣衫浮起，兩邊的寬幅飄動，垂軟的雙手浮現吸盤。

「唉，好累啊。別人都以為我無骨，哪曉得我背裡還有一片梭子似的軟骨，這陣子累得我軟骨都快斷了。」

她軟化再軟化，舔了舔鹹鹹的水，又自言自語：

「可惜，不是海鹽，不過也沒得挑了。」

既然累那就得吃，她的十指都變成長長觸手，把鍋蓋掀開。

鍋子裡頭滿滿都是活的魚，鰱、鯖、鯉、鯇、鱔、鯽、鲐、鰻等等，也有活的蝦、活的蟹。她雙眼放光，用觸手捲起一隻，放進嘴裡也沒咀嚼就吞下，吃得津津有味。

太忘情了，頭臉都融化，剩雙眼格外突出，原來是隻鰂魚，表皮變化多端、瑩瑩發光，兩側的幅歡快揮舞著。

罵她冷血倒是罵對了，她的血本來就是冷的。

這些淡水的魚蝦，雖然美味鮮甜，但是她心裡想的，是有人許諾，要讓她來硯城分食的珍饈，不然她才不會從遼闊大海，來到這只有淡水的硯城，不但忙東忙西，而且每杯水都要自個兒加鹽。

啊！那天地間最滋補之物，什麼時候才能到手——不，是到嘴——呢？

吃啊吃、吃啊吃……最後鍋裡剩下一隻小鯉魚，她用觸手捲到嘴邊，一會兒吞、一會兒吐，吐吐吞吞、吞吞吐吐。已經吃飽了，她卻故意玩弄小鯉魚，不管小鯉魚怎麼掙扎。

「小鯉魚，落到我手上，妳就——」

轟！

浴缸底陡然破開大洞，鹹水嘩啦啦的流進地下水脈，破洞裡湧出清澈淡水，巨大而尖銳的五爪龍爪撲地穿透黑瑩的背，破開她的肚腹、擰住她的墨囊，用力揪緊。

噗啾！

黑墨噴濺，汙了清水，小鯉魚趁機逃走，躲進黑墨暈染的水中，這才躲過被吞食的厄運。

尖利的龍爪，就連雪山下的古老岩層都能劃開，要將她開膛剖肚根本是微不足道的小事。

「饒、饒命——」

黑瑩在龍爪上抽搐，吞進肚子裡的小魚小蝦小蟹，都從她破開的肚腹游出，快快滑溜散去。

她冷血，龍的血更冷，何況是龍爪，就算想求情也無用。

「我、我可以說，是那人——」

恰滋！

墨囊被扯下，丟在浴缸旁的地上，黑瑩抽搐幾下，全身都化為慘白。

巨大的龍爪後退，重獲生機的小鯉魚，奮力游上前去，繞著龍爪游啊游，冒著大不韙，把魚吻靠在龍爪上輕蹭，表現感激之情。

龍爪微微頓住，一會兒後才張開。

小鯉魚欣喜的游到龍掌上，龍爪這才收攏，攏握著小鯉魚，後退消失在黑漆漆的洞裡，清水跟著退去，小魚小蝦小蟹也順流而去。

破了個大洞的浴缸，乾涸之後，漸漸露出一顆一顆晶亮的鹽。

浴缸之外，則是到處灑遍黑墨，還有趴臥著死去、肚腹中空空如也、再也不能詐騙人與非人的黑瑩。

幾日之後，有個賣油菜花蜜的女人，作了一個夢，有個頭戴金絲冠、身披黑衣緄紅邊的女子入夢，自稱是蝴蝶，說黑瑩的惡行，姑娘已經知道了，派黑龍去處置，到某間屋子裡找尋，就會看到黑瑩的屍體。

因為她的爹爹，就是被黑瑩所騙，失去了墓地，所以她對這件事情很上心，半點都不敢拖延。

醒來之後，她跟丈夫說了，要去那間屋子裡瞧瞧。丈夫是個正直的鬼，也很贊成，找了幾個大膽的人，按照蝴蝶說的線索，一同去那間屋子找，真的發現死去的屍體。許多人與非人聽到消息都跑來，確認死者就是到處行騙的黑瑩。

知道是姑娘下令懲治，大家都覺得很感激，卻也很心疼，紛紛怪自己竟讓姑娘勞心，實在很不應該。

有個走過馬隊的男人，看見被丟棄的墨囊，說曾經聽過雷大馬鍋頭提起，烏鰂又稱烏賊，是海裡的生物。

因為墨膽漆黑，要是用來書寫，剛開始跟一般的墨沒兩樣，但是過了幾個月就會消失，有人常用這種手法，來使詐騙的賊行，所以才稱烏賊。

人與非人們都恍然大悟，想到之前跟黑瑩簽的合約，就是用了烏賊墨所寫，字跡消失後，才又被黑瑩自行填上，因此才失去房子與土地。

他們連忙去找新來的住客。但是對方手上有合約，還是用真的墨寫的，要對方搬出或讓出，就算再去叨擾姑娘，但到底合約是真的，仲裁也贏不了，只好摸摸鼻子認了。最後，只能彼此擠一擠，無奈的共處。

因此，硯城內外多了許多新搬來的住客。

有外來的人。

有外來的鬼。

有外來的妖。

有外來的精怪。

還有，外來的魔。

參

鸚鵡

硯城西方有戶人家姓蔡，歷代造紙為業。

楮樹最適合做紙，蔡家的祖屋旁就是蔥蔥鬱鬱的楮樹林，一派濃蔭。

高大的楮樹，樹皮是暗灰色，小枝披著密密的灰色粗絨毛，暗綠色葉子是卵型，雌雄異株，易生又易長，縱使野火燒山後，仍會循舊根發芽。

由於取用清澈的雪山之水，再加上蔡家對原料、製作……各個環節處處上心，半點都不馬虎，製出來的紙因而遠近馳名，就連木府歷代的主人，所用的紙也指定要是蔡家製作的。

木府的主人，就是硯城的主人。

木府的主人都很年輕，若是男的就稱為公子，若是女的就稱為姑娘，至於真正姓名則沒有人、沒有鬼、沒有妖知道，就算知道了也不敢或不能說出口。

現任的木府主人，是個清麗如十六歲般的少女。她是第一個誕生在外地的責任者，但是，城中不論人或非人對她都敬重萬分，也愛慕難言。

姑娘除了向蔡家訂購書畫用的宣紙，還給了蔡家一種漆黑的石粉，吩咐在抄紙時放入，不可以太早，也不可以太遲。按照吩咐製作出來的紙，曬乾之後是灰色的。

灰紙送到姑娘面前後，她用雪嫩的雙手取來銀剪刀，輕巧的剪了幾刀，撒落地面時，就變成一批冷眉冷眼的灰衣人；再要剪得精緻一些，就分得出男女，有的是健壯的守衛、有的是伶俐的丫鬟。

奇怪的是，有好事的人軟硬兼施，討要幾張灰紙去剪，然而就算剪得再精緻絕倫，卻仍舊是紙，無法化為人形。

蔡家怕得罪姑娘，在那之後，無論旁人用什麼手段，都不願交出一張灰紙，對於製作灰紙的過程更是絕口不提。

從此，蔡家的生意比往日更興隆，製作出來的紙一季比一季好，不但在硯城裡有好價格，運出硯城後，價格更是水漲船高，許多書畫名家，都以擁有蔡家宣紙自豪，捨不得拿來使用，小心翼翼的收藏。

為了精益求精，蔡家捨去祖宅後的舊紙坊，在城中的石榴井旁租下一間舊屋，前後打通後作為新的造紙坊，依靠湧流不斷的好水，繼續製造紙張。

商家們羨慕蔡家的收益，青春少女們在意的卻是蔡家的長子蔡宣。撇開家財萬貫不提，蔡宣面貌清秀，身板挺拔，一雙眼深邃烏黑，像是宣紙上的兩點濃墨，好看得讓人讚嘆。

以往，少女們就時常結伴，穿著最好看的衣衫，抹上淡淡的胭脂，故意繞到蔡家祖屋後的紙坊外頭，偷看蔡宣抄紙的模樣。

這會兒，紙坊搬到四方街附近，探看更容易了。

連少婦跟老婦，也故意去石榴井挑水、洗菜，井邊擠滿不同年紀的女人。其他水流更暢旺、更大更有名氣的井邊，例如溢燦井、署古井、半月井、甘澤泉等等，反而都空無一人。

只見紙坊裡的蔡宣，抄紙時袒露結實的上身，用竹簾抄出分布均勻、厚薄適中的紙膜，一張又一張的疊好，強健的手臂輕搖竹簾，再用指尖挑起薄薄的紙膜，溫柔的神態讓少女們跟婦人們都春心蕩漾，覺得再美的衣衫，都不如他手中素白的紙。

要是能讓他溫柔的看著、觸碰著，怕是連神魂都要融化。

問親的媒人，幾乎要把蔡家的門檻踩平。無論是人或非人，是男或是女，都有深深愛慕蔡宣的，想要與他結為夫妻。

蔡家父母煩不勝煩，想著兒子也該成家，於是替他討了一門親事，選的是陳家書鋪的女兒小婉，很快的下訂迎娶，媒人才不再上門。

小婉是個文靜溫婉的少女，從小知書達禮，深受父母寵愛。

她也曾在朋友的煽動下，路過新紙坊偷看蔡宣抄紙。他那專注的模樣，讓她心兒怦怦跳，回家後作夢，夢見自己成了一張紙，而他的指尖在她素白的身子上流連觸碰，她顫抖的醒來，衣裳都被汗水沾濕，才知道只是一場夢。

這個夢太羞人，她沒有告訴任何人。

當蔡家上門提親時，消息不僅轟動全城，就連小婉也又驚又喜。愛慕蔡宣的人與非人多得不勝枚舉，他卻選了她作為妻子，她歡喜得幾天幾夜都睡不著。

成親那日她穿著紅嫁衣，姊妹們都來祝賀，說她真是好福分，能嫁給全城少女的夢中情人。

婚禮辦得熱熱鬧鬧，不僅賓客雲集，連木府都送來賀禮，是一對光燦燦的銀簪，一隻簪頭是紙頁，一隻簪頭是書卷。

此等殊榮讓蔡家顏面有光。小婉隔著紅紗蓋頭，偷偷覷了丈夫一眼，瞧見他開心的笑著，模樣更俊美，讓她看得痴迷。

只是，成親之後，她再也看不見丈夫的笑容。

蔡家做紙慎重，家裡大大小小的事，都繞著做紙打轉。家人們的談話，都跟造紙有關。

這季剝下來的楮樹皮的品質如何、何時該把樹皮煮成紙漿……他們更在意天氣，因為天氣不好，費心費力抄好的紙曬不乾，一整季的辛苦就付諸流水。

無論小婉如何絞盡腦汁，變化三餐菜色，家人都沒有注意到。

她替公公熬了蔘湯，湯色清澄，香氣逼人，公公卻像是喝水似的，咕嚕咕嚕幾口就喝完。

她替婆婆煮了雞湯，細心撇去浮油，婆婆卻嫌太燙，罵她不夠伶俐，不曉得該把雞湯吹涼些。

她替小叔熬了涼茶，用的都是上好草藥，小叔只喝了一口，喊著太苦太苦，就不肯再喝第二口。

她替小姑煮了冰糖白木耳蓮子湯，喝了最能養顏美容，小姑卻嫌棄太甜膩，連一口都不肯喝，還質問她是不是自恃美貌，煮這道養顏甜湯，是暗示小姑容貌不如她。

種種委屈，她都嚥下不說，期盼丈夫能為她說話。但是丈夫忙著跟公公討論，明日要抄送去木府的灰紙，從今晚就要焚香祈禱，期望天公作美，連續幾日都能是晴朗天氣，連看都沒看她一眼。

飯後，小婉默默收拾，忙到眾人都沐浴過後，才疲累的進房。

丈夫已經沐浴更衣，背對著她躺在竹蓆上歇息。她坐在床邊，看著丈夫的背影，即使是背影，也是那麼好看，但她已無心欣賞。

「相公。」

她小聲的叫喚，滿心疑惑的問：

「我有哪裡做得不好嗎？」

丈夫沒有轉過身來，許久才說了一句：

「沒有。」

「既然如此，為什麼我會不得家人喜愛？」

就連丈夫對她的態度也很冷淡，從來都是她開口，他才回話。

她不知道別家夫妻，在房裡是如何應對。人說夫妻該要相敬如賓，他對待她卻從來沒有好臉色，更別說是甜言蜜語。

明明是娶來的妻，在家裡卻像個礙眼的擺設。

背對她的丈夫，不耐的揮揮手：

「娶妳的時候，不就辦得風風光光了嗎？妳還要什麼？」

說著，也不等她回答，他靠在竹枕上閉眼，已經準備入睡。

小婉咬著唇瓣，急著伸出手，輕扯丈夫的衣袖。

她要的不多，只要他願意對她笑一笑，就心滿意足，縱使婆家人對她再苛刻，她都能夠忍受。

萬萬想不到，蔡宣卻勃然大怒，狠狠拍開她的手。

「別拿妳的手碰我！」

他撩衣起身，滿臉嫌惡：

「明天要抄紙，我已經沐浴淨身過了，被妳沾著油汙的手一碰，又得再清洗一次！」

他擰著眉下床離去，再度去洗浴。

小婉怔怔看著被揮開的手，心中無比酸楚，熱淚滾出眼眶，滴落在床鋪上。她怕再度被責罵，連忙用衣袖遮住淚容，離開房間到庭院裡，坐在角落裡無聲垂淚。

驀地，肩上傳來一陣濃香。

她轉過頭去，看見一朵嬌豔的曇花，綻放在她肩上。素白的花瓣，像極了丈夫素白的衣衫。

不同的是，豔麗的花兒不會嫌棄她忙碌整天，來不及沐浴，沾染油煙的身子，輕靠在她肩上，有如一個溫柔的拍撫。

就連花兒，都比丈夫溫柔。

小婉坐在花下，抱著雙膝，再度哭泣起來。

白晝時祖屋裡只有小婉一人。

公公、婆婆、小叔、小姑跟蔡宣，都到新紙坊忙碌去了，家務全由她操持。她必須醒得比全家都早，張羅早餐菜餚，送上乾淨衣物；她也必須比全家都睡得晚，洗淨碗盤，還有全家髒汙的衣裳。

平時，她午間還要忙碌餐食，但是到了抄紙的時日，蔡家每個人戰戰兢兢，連中午也不回來，午飯就在紙坊裡將就。

遇到這種日子，小婉中餐就吃得簡單。昨日被丈夫責罵，她至今愁眉不展，一點胃口都沒有。

只是，剛過午時沒多久，門卻被人咿呀一聲推開。她起身一看，竟是丈夫回來了。丈夫穿著早上出門時，身上的那件素白衣衫，陽光下端正的眉目，好看得讓人眩目。

以往，她肯定會看得痴迷，如今卻是一看到丈夫的臉，她就又驚又怕。

「夫君，你怎麼回來了？」

她匆匆起身，拿了一塊乾淨布料，擦抹因打掃家務而染上灰塵的雙手。

「今日抄紙特別順利，所以我就提早回來了。」

丈夫的眼神很溫和，與昨晚的惱怒截然不同，連語氣也很柔和。

「昨晚的事，我覺得過意不去，惦記著早早回來跟妳道歉。」

說著，他伸出手來，牽著她的手在桌邊坐下。

她心慌著要抽手，他卻握得更緊。

「怎麼了？」他問。

「我的手髒。」

他不嫌棄，反倒露出笑容。

「娘子操持家務辛苦了。」

他的笑容前所未有的迷人，她彷彿回到婚前少女的時候，因為他的笑而怦然心動。

「累不累？」他柔聲問道。

「不累。」她被看得羞了，雙頰火燙的避開視線。

丈夫靠得更近，在她耳畔笑語。

「瞧妳額上都是汗。」

她連耳根都泛紅，急著要起身。

「我立刻去洗淨。」

「不用了。來。」

他柔聲說道，從衣袖裡拿出一條淡紫色的手巾，一點一點的擦去汗水。

「這樣不就好了？」擦淨後，他露出滿意的神情。

丈夫的態度丕變，讓她不知所措，心裡滿是疑惑。

他握著她的手，俊美的臉龐帶著歉意，一言一語都說得萬分溫柔。

「我從來也只知製紙，娶了妳卻不懂疼愛，昨晚還責罵妳，實在是身在福中不知福。」

溫柔的語句，讓她聽得心軟，再瞧見他愧疚的神色，原有的委屈都淡去。他的手輕輕撫過她的髮絲，比昨晚偎靠在肩上的曇花更溫柔。

如果這是夢，她也要好好珍惜。

「妳起得那麼早，要不要回房睡一會兒？」他提議。

她的臉兒泛紅，順從的被丈夫牽握，走回臥室裡頭。

比起外頭，臥室裡較為陰暗，兩人和衣躺在床上。她取下書卷銀簪、散下烏黑長髮，心跳不已，比新婚夜更緊張。

身旁的丈夫一手支著頭側，淺笑著垂眼看她，另一手拿來紙扇。扇子的用紙是自家製的玉板熟宣，紙質堅韌，多少書畫家千金難求，他卻隨意取來，為她扇來陣陣涼風。

「好好睡，我替妳扇涼。」他說著。

涼風吹來，也吹起丈夫的髮，髮梢輕柔的撫過她的臉龐。她望著丈夫的笑容，原以為絕對無法睡著，卻在不知不覺中閉上雙眼，心滿意足的睡得好沉。

直到夕陽西下，聽見大廳傳來婆婆的責罵，她才驚醒過來。

「真是個懶媳婦，都到這個時辰了，竟連晚飯都還沒做。」

她匆忙起身，攏齊烏黑長髮，拿床頭銀簪盤起髮髻。午後的種種，彷彿一場夢，朦朧間她竟不能確定，那是幻夢，還是真實。

直到她下床時，碰落了擱在床邊的扇子，才確定丈夫真的回來過，不但對她道歉，還溫柔的陪她入眠。

她拿起扇子，緊抱在胸前，滿足的笑了。

就這樣，丈夫午後的歸返，成為小婉最幸福的時光。

有旁人在時，甚至是夜裡夫妻共處，蔡宣都嚴峻冷淡，只有午後歸來的時分，為了彌補她，溫柔體貼得教人羞怯。

這季的紙抄得很順利，他才能每天下午回來一趟。

他總是一踏入家門就執起她的手，為前一日的點點滴滴道歉，用淡紫色的手巾為她擦汗，陪她做完家務，然後兩人在涼爽臥室裡午睡。

小婉看著自己散下的長髮，跟他的髮糾纏，才曉得何謂結髮夫妻。

終於，她不再羨慕他抄的紙。

午後淺淺光影下，丈夫褪下衣衫，袒露結實勻稱的身軀，比他的臉更好看，讓她目眩神迷、神魂顛倒。他看著她的眼神，比看著紙張更溫柔；觸摸她赤裸素白身子的粗糙十指，比觸碰紙張更愛憐。

「我曾經夢見，你這樣對待我。」她情不自禁，喘息低語。

他笑了，耐心誘哄，直到她在他身下比剛抄好的紙更柔軟、更濕潤。

兩人躺臥的竹蓆，被煨得燙熱，他們在纏綿熱愛中難分難捨，溫潤了彼此，淡紫色的手巾圈繞著兩人，一時繃、一時鬆，直到分捨喘息時，手巾才軟懶懶的散在蓆上。

歡愛過後，她貼在他懷裡，聽著彼此從急促漸漸減緩的心跳，甜蜜的睡去，醒來時丈夫已經離去。

直到傍晚，跟公婆、小叔、小姑一同回家時，他又會換上冷淡神情，彷彿雪山般凜然而不可親近。

她曾在夜深人靜時，提問過一次，他明天下午是否會再歸來，卻只得到他冷冷的一眼瞪視。

到隔日午後，丈夫歸來時又是滿臉歉意，將她抱在懷裡道歉，說雖然是夫妻夜裡共處一室，祖屋裡依舊還有公婆跟小叔與小姑，只有午後時分，他才能對她流露真情。

深感幸福的小婉，被丈夫又吻又哄著，心中再無半點委屈，就是傍晚後、深夜裡、清晨時再受到多少責罵與抱怨，她仍心中泛甜，想著午後他會如何溫柔的待她，想得粉臉羞紅，襯得髮髻上的銀簪更白亮。

這麼過了兩月有餘，她開始愛睏，容易疲累，午後臥在丈夫懷裡，睡得又沉又香。烹煮晚餐時聞到肉類的味道，突然覺得胃裡酸水上湧，幾次在端著晚餐上桌時，即使再努力忍耐，也還是奔去廚房，嘔了又嘔，乾嘔聲迴盪在屋裡。

公公、婆婆、小叔、小姑看她的眼神，愈來愈狐疑陰沉，蔡宣的嫌惡更是溢於言表。

在一次清晨，她準備早晨餐食時，因聞到鮮魚腥味，再次乾嘔連連，婆婆終於按捺不住，揚聲尖刻的質問：

「妳有孕了？」

小婉這時才恍然大悟，想起月信已經遲來許久，的確該是有了身孕。

「嗯。」

她撫著仍平坦的小腹，嬌羞的點點頭，想到丈夫與自己的愛情結晶，正在腹中孕育成長，就欣喜不已。

蔡宣卻愀然變色，臉色比抄出的新紙更白，雙眼氣惱得充血發紅。

「是誰的？」他喝問。

小婉震驚不已。

「當然是你的。」

「不可能。」

蔡宣咬牙切齒：

「除了新婚那夜之外，我不曾碰過妳。」

「可是、可是……你——我們——」

公公也火冒三丈，咆哮逼問。

「快說，妳是偷了哪個野漢子？」

小叔滿臉鄙夷。

「還是書鋪女兒，竟然做出這麼寡廉鮮恥的事！」

小姑也酸言酸語。

「我家待妳不好嗎？妳竟要這樣敗壞我家名聲，往後我家的臉要往哪裡放？還有誰會來買我家的紙？要是木府從此不再來訂紙，妳死八百遍都填不了罪！」

婆婆聲音揚得更高、更刺耳。

「快說，肚子裡的孽種是誰的？」

小婉又慌又急，緊緊扯住蔡宣衣袖。

「夫君，孩子是你這兩個多月來，每日午後回來陪伴我時，讓我懷上的呀。」

她倉皇不已。

「你為什麼到現在還不承認？就算家人們都在，也不必顧忌羞不羞，有孩子你不是最該高興嗎？」

蔡宣如兩個多月前的那夜一般無情，而且怒氣更加乘百倍，凶惡抽回衣袖，讓她緊握的手頹然落下。

「妳這個骯髒的女子，別碰我！」

他雙目紅得像是火炬，灼灼逼人，幾乎要在她身上燒穿一個洞。

「妳連編造謊言都拙劣不堪。自從雪山震動、裸露出山巔後，水質就一日比一日差，這兩個多月能抄成、送往木府的灰紙愈來愈少，我耗費的心神比以往多出不知多少，白晝時都在新紙坊裡，爹娘跟弟弟妹妹都是人證！」

她困惑又茫然，環顧婆家眾人的臉，透過朦朧淚眼看著他們厭惡鄙夷的表情，都點頭證明蔡宣所言屬實，熱燙的眼淚滾落，濡濕衣裙跟她落在地上的手，耳裡聽見婆家人交談：

「肯定是跟她私通的野漢子，都是午後時來的！」

「對，竟然還想賴在大哥身上，幸虧我們一家人都在新紙坊，證明白晝時大哥從來沒有離開過。」

「是啊，路過的商家們，也可以當人證！」

「娘，現在該怎麼辦？傳出去可不得了。」小姑說。

婆婆恨聲冷哼：

「先把她關在屋裡，等查到奸夫再說。」

公公跟小叔於是動手，把小婉扭摔到柴房，也不顧是否弄疼她，重重把她摔在柴薪上，再把柴房的門用鐵鍊繞了一圈又一圈，用最重的鎖扣住。

陰暗的柴房裡，她雙手環抱小腹，淚水滾滾落下，心碎之餘又還存著最後一絲希望。

盼啊盼、盼啊盼，幾個時辰比三年更難熬。直至日正當中時，柴房外終於有動靜，鐵鍊嘩啦啦落地，鐵鎖應聲而開，推開柴房門的，可不是她苦等的丈夫嗎？

「娘子，妳沒事吧？」他焦急的抱住她，珍惜又疼愛。

「夫君。」

小婉仰頭望著丈夫，軟弱得站不住，淚水落得更急。

「你為什麼早些時不承認，要那樣對待我？為什麼要不認我們的孩子？」

丈夫神情複雜，最多是不捨。

「我怎麼會不認我們的孩子？」

「那麼，你為什麼要對公婆們說謊？他們又為什麼說你這兩個多月來白晝都在紙坊，連路過商家都可以作證？」

「我之後會解釋。」

丈夫安撫著，抱起她往外走：

「我們先離開這裡。」

正午的陽光灑落，炙烈而灼人，丈夫的腳步有些微晃。

才走到庭院裡，牆外卻有一人慢條斯理的走來，一身白衫素淨，雙眸黑如墨染，竟是蔡宣！

只見他面帶微笑，略顯輕薄，雙手橫在胸前，大剌剌的擋在門前，腳上的紅靴分外顯眼。

「你要把我家娘子帶去哪兒啊？」蔡宣閒閒的問道，手裡捻著一根青草把玩。

「夫君？」

小婉困惑不已，正在驚疑，又聽見匆匆的跑步聲。

公公、婆婆、小叔、小姑一個接一個從牆後跑出來，全都汗流浹背，在門外就劈頭咒罵。

「看，奸夫果然——」公公話沒說完，雙眼瞬得像醬油碟那麼大。

「幸虧我們從紙坊趕回——」婆婆噤聲，舌頭像是被貓吞了。

「妳這個……」小叔呆住，全身僵硬。

小姑則是連聲音都發不出來，連忙往來時路望去，因為頭轉得太快，發出一聲響亮的「喀」，差點扭傷頸項。

最後一個趕到的，是衣衫素白、雙眸黑如墨染的男人。

氣喘噓噓、惱恨不已的，竟又是蔡宣。

小婉驚愕無言。

有兩個丈夫——不，三個！

捻著青草、穿著紅靴、擋在門前的那個，嘴角勾得高高的，伸手來討要。

「還不快把我家娘子放下，別抱得那麼緊，我看著不樂意。」他說。

小婉看著抱住自己的丈夫，見他額上冒汗，腳步搖搖晃晃，雙手卻抱得更緊。

他那曾吻過她的唇，慘白的吐出一個字：

「不。」

「好吧，那只能來硬的了。」

細細的青草從對方手中脫手而出，宛如綠色細箭破空無聲，還未能眨眼就已經欺近。

抱著小婉的那人迅速轉身，用身體護住她，身後揚起的白色衣衫驀地蓬開，化為無數白雪般的濃羽，一層層裹住綠色細箭。

但細箭如似活物，就算被包裹也硬生生延展再延展，前端細了又細、尖了又尖，終於穿透濃羽，戳進白衫從背心貫穿，在小婉的臉兒旁，竄出綠漾漾的尖，連帶綻出一朵血花。

受傷的那人踉蹌幾步，咳出鮮血，卻始終呵護著她。

「沒事的，娘子不要擔心。」

他嘴角滴血，落到她心口，滲透衣衫暈得血色淡淡。

「喂，快放開她！」

背後，出箭的蔡宣叫著。

他緩慢回過身來，慘白的唇開始變形，聚匯成尖喙，彎而黑硬；雙掌浮現鱗皮變為利爪，身上濃羽重重；吐出的語音粗嘎，卻仍是先前那個字，語氣無比堅決：

「不。」

淡紫色的羽毛如海嘯般噴湧，撲向出箭的蔡宣，在他身旁圈繞，密密麻麻的疊了無數層，顏色漸次深濃，濃得近乎發黑的紫色漩渦縫隙間，望見他再也不似人形，被羽毛圈索壓縮，最後成為一張被絞緊的紙。

嘎啦嘎啦、嘎啦嘎啦！

信妖大聲慘叫著：

「唉啊啊，不行不行，我要破了！」

它氣急敗壞的哀嚎，危急中靈光一閃，想起離開木府的時候，主人的吩咐。

「啊，簪子快來！簪子！」

喊了又喊，卻還是沒有動靜。它被絞得太緊，連當初被製造時滲透的那季雨水都被擠出。

小婉嚇得縮進濃羽人的懷中，他銳利的雙爪沒有傷著她。

「娘子別怕。」粗嗄聲好溫柔。

她不由自主的點頭。

「嗯。」

快被擠得剩下乾乾雁樹皮的信妖，被逼到絕路上，這時才想出活路。

它把一角的豔紅印痕扭緊住，朱泥乍然汩流而出，把它潤染成淡淡紅色，逃過搾乾的厄運。

紅光逼開羽毛，朱泥細絲流過之處，紙片舒展開來，從平面化為立體，輪廓愈來愈鮮明，由繡鞋、衣衫、髮絲逐漸成形，最後是素淨的臉兒上，彎彎的眉、長長的睫、秀氣的鼻與豐潤雙唇。

長睫輕顫，徐徐睜開。

那是個雙眼清澄、一身素雅綢衣的少女。

「姑娘！」

站在牆邊的蔡宣，驚喜喊道，聲音與神情，滿是難藏的愛慕。

少女伸出十六歲般粉嫩的手心，淡紫色的羽毛簌簌發顫，因為她的溫度、她的芬芳而自慚落地，鋪成軟軟的毯，不敢讓塵土沾到她紅色的繡鞋。

「來。」

她輕輕柔柔的說，不喜不怒，聲音甜脆。

一只紙頁簪頭的銀簪，咻的從屋裡飛竄而出，飛到姑娘的掌心上，因為太過欣喜而嗡嗡抖顫。

「噓。」姑娘說。

銀簪不敢拂逆她的心意，就怕惹得她不高興，努力克制不敢再出聲，一心一意想取悅她。

透著粉紅的纖細指尖，朝前一指。

「去。」

急於取悅姑娘的銀簪，朝前飛射出去，滿地淡紫色的羽毛也被強大力量挾帶著，奔往同一個方向。

銀簪不偏不倚的穿透遍身濃羽、嘴尖成喙、指掌尖利的那人，在他胸口破出大洞，破落的濃羽每一片都沾著鮮血，淡紫色的羽毛回到身上，抖得幾乎難以黏合。

直到這個時候，環抱小婉的利爪才鬆開。

她摔跌在地上，望見曾經恩愛纏綿的軀體，露出巨鳥的真身，竟比蔡家祖屋還大上許多倍。

受重傷的巨鳥發出悲鳴，衝飛上天際，淡紫的色彩拂過她眼前，巨大的身軀遮蔽正午的陽光，在硯城映下陰影。

然後，在她的淚眼注視中，巨鳥墜落在雪山的山麓，雲杉坪的附近，激得那處綠樹崩倒、土石滾落。

紙頁簪頭的銀簪奔向姑娘，因為染了血，還先飛過蔡宣的白衣，把血跡都往他衣服上抹，直到恢復通體白燦後，才敢回到那粉嫩的掌心上。

柔嫩的掌心圈起，握住銀簪，紅絲從姑娘的臉龐、綢衣以及繡鞋褪去，匯集到掌心，直到其餘各處再沒有一絲顏色。

線條逐漸模糊，立體又恢復平面，信妖這才吐出一大口氣。

「好險，有姑娘的朱泥在身，才能請她降臨顯了厲害，不然我差點就要被扯爛了！」

它只剩一手指掌還維持少女模樣，銀簪才沒有作亂，乖馴的被握著。

小婉的視線，沒有離開過那處山坡，身後信妖說的話，斷斷續續傳進耳中。

「姑娘說，那是從外地來的鸚鵡，能學人形態語音。牠躲居在楮樹林裡，本來也還算安分，但你們把楮樹砍得太凶，還來不及長回來，牠沒地方藏躲，又見你們不在家，就來誘騙你家媳婦。」

信妖仍有些心有餘悸，捲起另一角，拍拍自個兒心口。

「哎，牠可難應付了，能耐不比臭泥鰍低呢。以往，都避開正午才出現，根本對牠無可奈何，今日牠卻在正午就出現，這時陽氣最旺盛，才能用姑娘送的銀簪重傷牠。你們——」

後來，信妖又說了什麼，小婉聽不見。

她昏倒在地上，如死去一般，只有不停流下的淚，證明她還尚有一絲氣息。

再醒來時，小婉已經回到娘家。

睜開雙眼後，她下床奔出家門，直到能夠看見，雪山山麓上巨鳥的身軀仍在，才撫著心口，搖晃的跪坐在地上。

巨大的鸚鵡重傷而死，化為一塊巨石。

因為木府也知曉這件事，蔡家不敢休掉小婉，故意裝作寬宏大量，強拉著蔡宣來陳家書鋪，說要把她接回婆家，一點也不會在意發生過的事。

小婉走出來，對著蔡宣說：

「跟我結髮的，不是你，是牠。你愛的是姑娘，並不是我，那就請把我休離了。」

然後，她就回屋裡去了。無論家人怎麼勸，她就是不肯再出來，蔡家人只好悻悻然離去。

之後，她在鸚鵡巨石旁，搭蓋了一間草屋，住進那裡去。

娘家的人沒有辦法，只能時常帶飲食跟衣物給她。

有一次去時，看見她的髮間簪著淡紫色的羽毛，神情非常欣喜，跟家人說不用再來了。

之後，家人再去，就看不見她的身影。

屋子內外都整潔，沒有一絲灰塵，桌上擱著書卷簪頭的銀簪，摸著還留有餘溫，像是人才剛離開似的。

因為很是奇異，所以在硯城中成為人與非人們談論的事，直到如今鸚鵡巨石仍在山麓上，從硯城就清晰可見。

肆

白食

硯城裡有個男人，人憎鬼厭。

他姓齊名田。齊家九代單傳，上一代掌櫃八十五歲才得了齊田這麼一個兒子，寵得如珠如寶，從小就捨不得拂逆他的心意。就算不小心磕著門檻，明明不怎麼疼，他也哭得呼天搶地，齊掌櫃心疼兒子，當場要人把門檻鋸了。

鬧了幾次下來，每次都讓齊田得逞，他心裡透亮，知道自個兒得寵，於是更囂張，吃的、用的都要最好，還浪費得很。

豐盛的一餐，他嫌熱湯太燙、米飯太白、豬肉太油、酥餅太甜。僕人伺候他用餐，剛喝了一口湯，他就直嚷著燙燙燙，用力推開僕人，熱湯灑在好衣裳上，毀了遠從鄰城買來，今日才第一次穿的衣裳。

縱使金山銀山，也禁受不住這樣的浪費。

齊家雖然有些積蓄，但這流水般的揮霍，才十多年光景，齊家不但收了生意，門前冷落車馬稀，整個家也破敗，僕人走得一個不剩。田掌櫃即使生了重病，也捨不得看醫生，用最後一點財產，替兒子娶了一個妻、一個妾，才安心死去。

尋常人家只娶妻，除非富貴豪門，元配多年肚子沒動靜，為了傳宗接代才會勉為其難納妾。

齊掌櫃連死前，都擔憂後繼無人，寧可病死，也要花錢替兒子娶進妻妾，就盼著往後齊家能夠人丁興旺。

只是，父親過世後，齊田非但不思振作，還當自己是公子哥兒。

家裡窮得揭不開鍋，他就在硯城裡轉悠，到父親的故交家裡，肆無忌憚的要吃要喝，不但吃了主人的食物，連衣裳也穿回家，日日吃飽喝足、光鮮亮麗。

漸漸的，眾人從容忍，變得敷衍。他也不知客氣，吃喝要是有一樣不如意，就大肆咒罵、踢翻椅子、推翻帳台，鬧得別人也不能做生意。

家裡的一妻一妾，都是嫻淑的婦人，雖然生活刻苦，但也不曾抱怨。然而丈夫在外頭的行徑，總讓她們羞得抬不起頭來，偶爾鼓起勇氣，勸丈夫收斂一些，丈夫卻根本不聽，還罵她們多管閒事。

日子久了，硯城裡的人們遠遠看見他走來，就忙著關門閉戶，任憑他在外頭如何叫囂，硬是不放他入門，最後他只得悻悻然離去。

知道這招有效，困擾的商戶有志一同，都用這方法對付。

不過說也奇怪，城裡沒得吃喝，齊田還是能吃飽喝足，回家時連連打著飽嗝，油光滿面的模樣，跟妻妾的面黃肌瘦、骨瘦如柴形成強烈對比。

妻子決定找一天，在丈夫出門之後，遠遠的跟在後頭察看。只見沿路人人迴避、家家關門，丈夫卻一派輕鬆，彷彿要去赴宴似的，滿臉春風得意。

齊田就這麼一路走，走到城外的墓地。

墓地有新有舊，舊的無人奉祀，墳前連一柱香都沒有；新的倒是三牲素果樣樣不缺，祭品比一般家宴更豐盛。

只見齊田坐到新墳前，連筷子也懶得用，動手撕下一隻肥得流油的雞腿，往嘴裡塞去，愉悅的大口咀嚼，慢條斯理的把祭品吃完。然後，再往另一座新墳走去，熟練的挽起袖子，貪婪的大吃大喝。

妻子回到家中，把事情說了一遍，妻妾二人為了丈夫的寡廉鮮恥，抱頭哭得好傷心。

渾然不覺的齊田，吃飽回到家裡，又是一副耀武揚威的模樣，以為自個兒的行徑，誰都不知道，還暗暗得意，吃飽喝足又不用看別人臉色，他實在太聰明，才能想出這個法子。

但是，這日子也沒能持續多久。

有一日清晨，齊田仍在睡夢中，就聽到屋外喧譁叫罵。

「姓齊的，給我滾出來！」

「在我家裡鬧就算了，竟鬧到我家墳上去了？」

「可不是嘛，我爹、我娘、我爺爺、太爺爺，都哭著來托夢，說祭品都被這傢伙吃了，他們餓得都快飄了。」

「還說呢！他吃完就把雞骨亂扔，引來野狼，刨了我家祖墳，連累我祖宗們被啃得支離破碎。」

門外眾人愈罵愈凶，個個義憤填膺，還有人猛踹木門，薄薄的木門晃動不已，幾乎要被一腳踹穿。

「別當縮頭烏龜，出來說清楚！」王掌櫃喊著。

連好脾氣的林夫子，也氣得滿面通紅。

「你、你出來跟我家先人們賠罪——」

話說到一半，一口氣喘不過來，林夫子軟癱在地上，大夥兒見狀連忙去攙扶。

怕林夫子氣壞身子，眾人改怒為憂，顧不得跟齊田算帳，急急攔住經過的牛車，讓臉色發青、鬍鬚發白的老人家躺在車上，一路往醫館送去。

躲在門後的齊田，瞧見人們離去，鬆了一大口氣，絲毫不知道該要反省，躺回床鋪上就呼呼大睡。

白晝裡有人擋道，沒關係。

齊田決定，夜深人靜再出門。

睡了一個飽覺後，他一邊哼著小調，一邊穿衣穿鞋。誰知才剛踏出門，一陣石雨就轟隆隆落下，不但打得他全身發痛，其中一顆還把他額頭打腫了，逼得他迅速退回門內。

大顆小顆的石頭，全都認定他當目標，一顆顆朝屋裡扔。

就算關上門，石頭打在門上、窗上，發出的噪音也讓人發顫。哭著睡著的妻妾，被吵醒之後，都坐在床上不敢動。

「別坐著，快去瞧瞧，是誰在作亂？」

他不敢去看，卻要妻子去瞧。

妻子鼓足勇氣，偷偷挪到窗邊。說也奇怪，她一靠到窗前，轟隆隆的石雨就停了，透過窗戶縫隙看去，只見昏暗夜色中，一個個穿著壽衣的鬼，身旁帶著紙紮的童男童女，鬼氣沖天的等在外頭。

「瞧見是誰了嗎？」齊田匆匆的問。

「是、是——」

妻子吞吞吐吐了一會兒，才小聲的回答：

「是那些鬼。」

「什麼鬼？」

「被你吃了祭品的那些鬼。」

齊田皺著眉頭，靠上前想看仔細些，大顆小顆的石頭又打來。他連忙退回來，指揮小妾上前，石雨果然又停了。

「去問問它們，到底想怎麼樣？」

小妾無奈的隔著窗子，感受森森鬼氣，害怕的重複丈夫的問題。回應她的是一連串令人毛骨悚然的低吟，驚駭得她秀髮根根豎起。

「它們說，看在公公的面子上，往事可以既往不咎，但是再有下回，就要把你抓去當祭品。」

她邊抖邊說，看見公公的鬼影，對著所有的鬼彎腰賠禮，一張鬼臉都丟光了。

齊田心裡有氣，重重踢了桌子一腳，把桌子踢得翻倒。

「不去就不去，告訴那些鬼，我還不稀罕呢！」

他用氣憤掩飾恐懼，一手抓起棉被，縮到牆角去，把爛攤子留給當鬼的爹收拾。

屋外的鬼鬧了一夜，直到天色濛濛亮時，才飄回墳地，各尋各墳，躺回棺材裡頭睡覺，睡前不忘囑咐紙紮的童男童女，注意齊田還敢不敢來偷吃祭品。

好在，被人被鬼警告後，齊田不敢造次，總算安分下來。

齊田的妻妾，原本指望丈夫戒除惡習後，能夠奮發圖強，就算不做大生意，也該去找個工作，讓家裡能溫飽些。

可是，齊田從小嬌生慣養，只懂吃喝玩樂，無論哪樣工作都做不慣，當門房嫌站著腿痠、當替人寫信的嫌坐著腰痠、當店小二嫌話說多了嘴痠……嫌來嫌去，最後還是回家，躺在床上茶來伸手、飯來張口，還嫌棄家裡飯菜寒酸，寧可餓著不吃。

妻妾擔憂不已，就怕他活活餓死。某日清晨卻來了一張大紅色的帖子，齊田一看之下樂不可支，換上最好的衣裳，也沒說要去哪裡，逕自出門去了。

直到晚上他才回來，吃得嘴角油油，衣襟前、衣袖上也沾了酒漬，神情顯得無限滿足，比先前任何一次都吃得盡興，走到床邊就軟倒，鼾聲響得隔牆都能聽見。

妻妾提心吊膽，怕他積習難改，又去吃墳上的祭品。但是，這回沒有人，也沒有鬼登門叫罵，甚至沒有半個人來抱怨。

雖然，不知道丈夫是到哪裡受招待，但是兩人一日比一日擔心。

因為，齊田一日比一日胖了。

即使是短短半天，她們也看得出，回家的齊田，比出門時胖。才一陣子的光景，齊田已經胖得下巴肉直抖，五官被肥肉擠得難以辨認，胖大的肚子躺在床上，像是一座小山，連手指都胖得宛如灌了太多肉的臘腸，在燭光下顯得有些透明，肥得險些就要滴油。

家裡的床鋪都讓齊田一個人占了，日復一日，他愈來愈胖。

眼看丈夫再胖下去，屋子裡就連站的地都沒有了，小妾決定學習妻子，偷偷跟蹤丈夫，看看他是去了哪裡，又是吃了些什麼。

那日白晝出門，她遠遠跟在後頭，發現硯城裡的人們，見到丈夫也不關門了，全用詫異的神情，眼睜睜看著他走過，才在後頭交頭接耳，露出不解的表情。

小妾跟著齊田的腳步，穿過大街、走過小巷，途中幾次經過狹小得連她都差點擠不過的縫隙，胖大的丈夫卻輕易就穿過。不知走了多久，她已累得想放棄，一手擱在牆上，低頭直喘氣，卻聽見前頭一聲叫喊：

「唉啊，齊爺，您怎麼這會兒才來啊？飯菜都快涼了。」

抬頭一看，出聲招呼的是個滿臉笑意的老婦人，背後有著一棟三層的華麗酒樓，從桌椅到燈籠都是簇新的，食物的香味一陣陣飄出，惹得人肚子裡饞蟲咕咕作響。

至於齊田則是嘴巴半張，流了一地口水，走向酒樓時還差點滑倒。

「今天要上的是什麼酒菜？」

他迫不及待的問，熟悉的坐在一個位子上，雙眼貪婪的看著滿桌好菜。

「您別急，先吃前菜，主菜還在爐上燉著呢！」

老婦人熱絡的招呼，臉上皺紋很深，簡直像是醃漬多年的梅干。

「放心，好酒好菜，吃喝管飽。」她笑咪咪的看著齊田。

「這怎麼好意思呢？」

他的話前半段清楚，後半段就因為塞進一隻油炸雲雀，變得模糊不清。雲雀炸得皮酥肉嫩，對頭一咬就是滿口濃漿。

「齊爺您肯光臨，是咱店的榮幸。」

老婦人笑得眉開眼笑，親自斟上滿滿的酒：

「要不是齊掌櫃當年對我們夫妻有大恩，這間客棧哪裡開得起來？可惜齊掌櫃過世了，如今招待齊爺酒菜，只是舉手之勞，日日都歡迎您來。」

「好說好說。」

齊田掃光桌上的菜，整個人又胖了一圈。他想拿袖子擦嘴，但人變胖後，衣衫都短了，索性直接用手擦。

「要不是妳店裡酒菜滋味好，我還不想過來。」

被人一捧，他架子也端高了。

「是是是。」

老婦人連連點頭，絲毫不以為忤，態度反倒更殷勤。

一個比老婦人更老的男人，端著一口滾燙的石鍋上桌，縱使石鍋熱得直冒煙，他卻空手就能端起，彷彿感覺不到熱燙，臉上也掛著笑。

「齊爺，主菜來了。」

他坐在齊田另一邊，老得像從墳墓裡爬出來的屍首，笑起來的時候，臉上的薄皮幾乎要裂開。

小妾從遠方望去，看到丈夫雙眼發光，像野狼見了綿羊，雙手顧不得燙，從石鍋裡抓出一塊肉，立刻埋頭大嚼，吃得嘖嘖有聲。因為嘴裡塞滿食物，他連稱讚的時間的都沒有。

那鍋食物不知是什麼，只見齊田吃得不顧儀態，吃肉還不夠，連骨頭都咬開，吸吮裡頭的骨髓，非要吃得一乾二淨，才又去吃下一塊。

詭異的是原本就肥胖的齊田，每吃一口便愈胖一分。小妾駭然的覷著，丈夫像吹了氣的皮球，肥滿得油滋滋。他探出舌來，珍惜的舔吮十指，直到雙手乾淨得像是剛剛清洗過。

只是，當他要收回舌頭時，卻赫然發現，吮盡美味的舌，已經肥腫得收不回嘴裡。胖大的舌鼓脹，塞住咽喉，他無法呼吸，雙眼驚慌的亂轉，掙扎的發出聲音。

「噫——噫——」

先前恭恭敬敬、口口聲聲稱齊田是貴客的老夫婦，一動也不動的看著他，非但沒有救助，反倒還笑咪咪的。

終於，肥胖的齊田轟然倒下，雙眼翻白。

「快！趁著新鮮，趕緊拖到後院處理。」

老婦人說道，不顧滿地杯盤狼藉，伸出枯瘦的手拖著昏死的齊田，一路往客棧後頭走去，輕鬆得像是拎著一把青蔥。老頭子則是亦步亦趨的跟在後頭。

渾身顫抖的小妾，擔憂昏死的丈夫，即使雙腿發軟，也躡手躡腳的跟上，小心的不發出任何聲音。

後院的景象，令人毛骨悚然。

肥胖的齊田腳踝被用麻繩捆住，倒吊在鐵勾上。老頭子手握屠刀，俐落的朝被肥肉擠得幾乎看不見的頸子一劃。

嘩啦！

鮮血瞬間湧出，流入下頭預備好的大鐵盆裡。斷氣的齊田，臉上像是蒙了一層豔紅滑膩的絲綢。

接著，刀鋒垂直劃下，割開層層肥肉，乾瘦的老頭子幾乎要埋進齊田的肚腹。熱騰騰的五臟六腑，噗通噗通的落進血盆裡。

「這傢伙還真肥。」老頭子咕噥著。

「養了這麼些時日，能不肥嗎？」

一旁的老婦人，已經在煮著熱水，等著要氽燙去腥：

「肥才好，油多肉多，咱們正好做生意。」

老頭子動作熟練自如，皮肉與筋骨剝離的聲音，自有一番音律。一會兒之後，只見筋歸筋、骨歸骨，粉紅的瘦肉、白潤的肥肉各自成堆，鐵勾上只剩一層薄皮，連一丁點餘肉都沒有。

收起屠刀後，他端起偌大的鐵盆，忍不住伸出長長的舌，在盆上盤桓，饞得直吞口水。

倏地，偌大的鍋鏟往他後腦重敲。

「別打那些內臟的主意，快拿去收好，少一塊都不行。」

老婦人厲聲警告，雙眼凸了出來，盯著丈夫嘟嘟噥噥的把鐵盆擱到角落，用竹編的蓆子蓋好，確認一盆子內臟能保持透氣，又不受蚊蠅騷擾。

小妾躲在角落，眼睜睜看著丈夫，被烹煮成一道道菜餚，嚇得魂飛魄散，腿軟得站不起身，只因怕死，才以手緊摀著嘴，渾身直抖。

過了不知多久，前頭響起人聲。老夫婦擦淨雙手，端起熱騰騰的菜餚，開始忙進忙出，皺巴巴的臉上重新堆滿笑容。

趁著兩人不注意，小妾逮住機會，來到前廳，只見滿室賓客，個個都在大快朵頤，一口一口吃著曾經是她丈夫的肉塊，每人都讚不絕口。

她驚駭得想拔腿就逃，但又怕引起老夫婦的注意，情急之下只好隨便挑了一桌，就近坐下假裝是客人。

那桌獨坐著一個男人，啃骨吃肉正吃得銷魂，瞧見有美貌女子坐下，以為是客桌已滿，不得已來湊桌。

「小娘子是新客吧？我來這裡連吃了幾日，都沒見過妳。」

美食加美人，這下子口福跟豔福都齊了。為了顯示熱絡，他還忍痛分享：

「這會兒人多，菜上得慢，妳先嚐嚐我這道去骨肘子，炸得可酥爛了，入口即化呢。」

濃油赤醬的肉塊，在筷尖顫動，送到她的嘴邊，濃醬一滴一滴的落下——

瀕臨崩潰的她，再也承受不住，摀著嘴往門外衝去。

回家之後，小妾哭著對妻子說出所見所聞，兩人抱頭痛哭，哭得聲音都啞了。

沒想到入夜之後，齊田竟像是沒事一般，晃著肥嘟嘟的身子回家，還差點卡在門框上進不來，入屋之後沒有盥洗，倒床就睡了，連鼾聲都沒有。

妻子狐疑不已，心驚膽戰的上前，確認丈夫完好如初，沒有少了胳臂或少了腿，更沒有被拆骨吃肉，這才鬆了一口氣，責備小妾胡亂編造。

先前鮮血淋漓的畫面，還歷歷在目，小妾即使被責備，也不敢靠近丈夫，當夜就逃回娘家，說什麼都不回來。

齊田醒來後，也沒去要人。

小妾偷偷打聽，聽見別人議論，齊田竟不再出門吃喝，變得安分度日，胖大的身子沒有瘦下來，卻也沒有變得更胖。她左思右想，那日見的事情太駭人，不能坐視不理，於是在某天，戴帽壓得低低的，出門去了。

ஃ

四方街的那頭，走來一個風流倜儻的男人。

他衣衫貴氣，手持一把好扇，扇骨是黑檀鑲金，扇面素白，只落了一枚豔紅的印記，反倒更為惹眼。

這陣子他日日都經過這兒，心存愛慕的女孩們，總在這裡等他。雖然不敢上前說話，但只要看他一眼，就臉紅心跳，能作幾日好夢。

也有大膽的女孩，尾隨他的蹤跡，想看看是哪戶富貴人家的公子，每回總是跟著跟著，就失去他的身影。男人的來處與去處，都成了個謎團。

男人走的路徑格外詭譎，旁人尋不見、找不著，他卻熟門熟路，來到硯城裡的饕客們口耳相傳，菜餚可口非凡的客棧。

還不到晌午時分，客棧裡已經有八成滿。饕客們顧不得儀態，吃得滿桌滿身的濃醬碎肉，努力的咀嚼再咀嚼，吞下更多的菜餚。

男人嘴角微揚，神情似笑非笑，撩袍在空桌旁落坐。跟四周的饕客相比，他顯得格外不同。

一來，他舉止斯文，舉手投足好整以暇。

二來，他很瘦。

其實，他身形合宜，但跟一群肥胖的男人同處一室，他就顯得瘦了。

看見他登門，老婦人臉色一沉，跟丈夫使了個眼色，薄皺的臉皮才堆滿笑，趕緊湊到桌邊來招呼。

「公子，您又來了。」

男人挑眉。

「怎麼，妳開客棧還不許人來？」

「不不不，我日盼夜盼，就怕公子不來呢。」她笑得更用力，臉皮幾乎要裂開。

「別擔心，我每日都來。」

男人也不戳穿老婦人的謊言，持扇揮了揮：

「今日有什麼好菜？都端上桌來，別怕本公子沒銀兩。」

老婦人咬緊嘴裡剩下的幾顆牙，勉強維持笑容，直到走回廚房，臉色才陡然陰沉，渾濁的雙眼隔著半個大廳，狠狠的瞪著俊逸的男人。

「那傢伙怎麼又來了？」老頭子剛踏進廚房，就氣呼呼的咒罵。

「來就來了，他有銀兩付帳，能趕他走嗎？」開店趕客，肯定有人會起疑。

「問題是，這人無論吃多少，身上都不長肉，偏偏吃得又比別人多，白白浪費咱們的菜。」

他邊舀菜邊抱怨，憤恨難平：

「我看，不如早點下手，肉雖然沒有多少，那副骨頭至少能拿來熬湯。」

夫婦商議妥當，又開始忙著端菜送酒，把客人們一個個伺候得心滿意足。眼看客人們愈吃愈胖，兩張皺巴巴的老臉，就笑得看不見眼，只剩兩條亮晶晶的細縫。

唯獨，替那斯文男人上菜時，嘴角總藏著一絲的不情願。

客人們吃飽後捧著肚皮、打著嗝、剔著牙離去，那男人卻慢條斯理的吃了一盤又一盤、一鍋又一鍋，菜餚就像倒進無底洞，不論吃下多少，貴氣衣衫下的肚腹始終扁平。

可恨的是，他餐餐如此，吃得最多，再不動手，客棧遲早會被吃到倒閉。

送走最後一個肥滿的客人後，夫婦二人憑著多年默契，各自有了動作。老婦人端酒上桌，老頭子則是回到廚房，把屠刀藏在腰後，悄無聲息的接近，預備橫刀一抹，劃斷那細細的頸項。

「公子，吃得好嗎？」老婦人假裝殷勤的問。

斯文男人擱下筷子，餐桌跟衣衫沒有半點汙漬，俊容上笑容可掬。

「當然好。」

他舉起黑檀鑲金扇，輕敲桌面：

「貴店的菜餚非常可口，請問用的是什麼材料，又有什麼祕訣？」

「說不上祕訣，就是新鮮罷了。」

老婦人詭祕的一笑，把桌上的酒杯添滿：

「這是本店招待的陳年好酒，公子一邊喝，我一邊說明用料。」

男人也不遲疑，舉起酒杯，仰頭就要喝下。

趁此良機，寒光一閃，屠刀已經劃下，驀地割開男人頸項，光潔的頸部橫開一道口子，男人的頭往後傾倒，雙眼倒翻，直直望著凶手。

從斷頸流出的，不是鮮豔的血泉，而是剛喝下的酒。

「呵呵，不是說要招待我嗎？這麼急就要討回去了？」

男人後傾的嘴裡說著，頸間的口子還發出笑聲。

老婦人恢復得快，嘶聲大喊：

「還不快再補幾刀！」

垂落的屠刀再度舉起。

男人面帶微笑，手中的扇子往桌上連敲三下。瞬間，鑲在黑檀扇骨上的金絲噴湧而出，縈繞得滿屋金光眩目，轉眼收束成籠，將老夫婦囚禁在金絲籠中。

柔韌的金絲收緊，一根根陷入肌膚，束得老夫婦無法動彈。至於鋒利的屠刀，則是被金絲絞斷，成了一塊塊碎鐵，叮叮噹噹的落在地上。

斷頸的男人，扶起後傾的腦袋，伸手往頸間一抹，傷口轉眼消失無蹤。

「連龍火都奈何不了我，只憑一把破刀竟想殺我？」

他扶正腦袋，不以為然的蹺起腳，再拂順衣衫，才懶洋洋的說道：

「你們是哪來的妖怪？給我從實招來。」

老夫婦困在金絲籠裡，緊閉著扁薄的唇，一聲都不吭。

「不說是吧？」

黑檀扇再度輕敲三下，金絲收束得更緊，入肉入骨卻也不見血，只有大大小小的石塊從夫婦二人身上落下。

「這可是姑娘交給我的扇子，金絲能隨意收束，不論是人，或是非人，要是不乖乖聽從，最後都會被束得粉身碎骨。」他把玩著黑檀扇。

原來齊田的小妾，到木府講述這件異事，求姑娘查明。養傷中的姑娘，給了信妖這把扇子，信妖這才化身翩翩美男子，來到這間新開不久的客棧。

客棧裡的菜餚，它表面上是吃下肚了，回到木府就吐出來，缺皮缺骨的肉塊全都暫先封存，等姑娘傷好再處置。

從夫婦身上掉落的石塊愈來愈多，慢慢堆積成一小堆。信妖俯身，拿起一小塊，在指尖揉成粉末。

「原來，你們是鹽妖。」難怪如此擅長烹煮。

被勒得愈來愈小的老頭子，終於忍受不住，呻吟著出聲，聲音就像沙礫摩擦般粗糙。

「我們是遠山的萬年鹽塊，前不久被震下山來，跟著妖魔們進了硯城。」老頭子艱難的說著，鹽粉持續撒落。

「老頭子，不能說！」

「不說咱們就完了！」

「一旦說了，讓那人知道，也是死路一條。」老婦人嘶喊。

「我就是要說！」

老頭子耐不得酷刑，只求不要在此時粉身碎骨：

「有人要我們先靜待不動，等時候一到，就能分食世上最滋補之物。」

信妖仔細聽著，隨後才又問：

「跟你們接觸的人是誰？」這個問題最是關鍵。

會是公子？

還是其他外來的妖魔？

或者，是藏身在硯城中，長期按兵不動，別有所圖的人或非人？

老頭子張開嘴，正要說出答案，身旁的老婦人卻先張嘴，往丈夫的身上猛咬，力道之大竟咬崩了一邊的肩膀。

「臭婆娘，妳敢咬我！」

老頭子怒火中燒，也張口咬回去，咬碎妻子半邊的腦袋。

堅硬的鹽塊喀嚓喀嚓的崩落，信妖來不及阻止，鹽妖夫婦已經互咬得崩碎，其餘沒有崩下的也裂痕處處。愈是堅硬，崩裂得愈快。

轉眼之間，鹽妖夫婦化為滿地碎石。

金絲收束無物，再度鑲回黑檀扇骨，偌大的客棧只剩沒能問出答案的信妖，沮喪的用腳猛踩鹽塊。

那天。

那時。

城裡一些突然肥胖起來的人，包括齊田在內，突然像是洩了氣的皮球，整個人縮扁下去，當家人上前探看時，發現只剩一張人皮，內裡早就空空如也。

妻子很難過，小妾也回來，兩人痛哭，把齊田那張皮，找個偏僻角落埋了。

伍

見紅

起初，那聲音很小，在夜時響起。

月光皎潔，灑落室內，疑為地上霜。

「夫人，您還不休憩嗎？」丫鬟睏倦，揉著眼兒來問，打起精神掌燈。

「我聽見聲音。」

那聲音忽隱忽現，融在風裡，聽得不真切。

「大概是外頭的報更人吧。」丫鬟掩著嘴，欲醒還夢。

「不，那聲音是屋子裡的，在南廂的角落。」

是誰在那裡？發出令我難眠的聲響，一陣又一陣、一聲又一聲。

「大概是鼠兒，或是外頭來的野貓。」

「不，那是人的聲音。」

總隱約聽到，嘆息輕吟，陌生裡交雜著熟悉。

丫鬟嘆息，有些不耐，吹熄燭火：

「夫人，夜深了，屋內的人都已入睡。您大概是夢迷糊了。」她翻身，重回夢寐。

「是嗎？」我自言自語。

風裡的聲音，一陣又一陣，沒有止息。

夜更深，月光更淡。

是嗎？

是我夢迷糊了嗎？

第二天黃昏，幾個僕人前來，在門上加了一層鎖。

「為什麼要上鎖？」我看著鎖，困惑不解。

這東西好奇怪，鐵製銅鑄、繁複笨重，人們拿它擱在門上，是想關住什麼？

「是防盜賊的，最近城裡有不少人家都遭宵小光顧。」

那人說道，低垂著頭。我看不見他的眼。

「可否派人去南廂看看？那裡總傳來怪聲。」

「夫人，那裡閒置著，沒人的。」

「但是我聽見——」

「夫人，您聽錯了。」

我是不是看見，他嘴角揚起不耐的弧度？

是我多心嗎？或是我給人添了麻煩？難道，都沒有人聽見，那聲音夜夜都來，在宅院裡迴盪？

眾人的眸子，總有意無意的迴避，在某些時候，投來厭煩的眼神。我懼怕宅院深處的聲音，卻更怕那些人的目光。

我躲進被中，瑟縮顫抖，不願聽不願聽……

天亮後，那聲音熄去，宅院裡開始有人走動。丫鬟伺候梳洗，送來吃食。

「夫人，請用膳。」

「我不吃。」

「夫人……」她皺眉。可是埋怨我給她添麻煩？

「老爺人呢？」

「老爺買璞石去了。」

「什麼時候回來？」

「不清楚，據說前陣子大雨，路上泥濘得無法行走。」

「但是，已經兩旬過去，道路總該乾了。」

「老爺的事，我們下人不知道。」她垂頭斂眉。我看不見她的眼。

「派個人去，去找他回來，我要見他。」

丫鬟應了一聲，沒有抬頭。

「還有，南廂那裡的聲音——」

噹啷一聲，她摔下手中瓷盤，怒氣沖沖的回頭。

「那裡沒有聲音！」

「但是，我聽見……」

不理會我，她一扭頭，走了。

我又給人添麻煩了？真的是我瘋狂了？那些聲音，都是幻覺？

不，不！不是幻覺。明明那兒就有聲音！

拴下紅繡鞋，我赤著雙足，從房內飛奔而出，想前去南廂一探究竟，非要弄清楚，到底是什麼聲音讓我徹夜難眠。

「夫人。」

僕人匆忙上前，想攔。

「讓開。」

「夫人。」又一個人奔了過來，面色焦急，還有著不耐。

丫鬟、長工、奴僕，全都一擁而上，把我團團圍住。這宅院裡的所有人都阻攔在我面前，不讓我踏入南廂半步。

他們扯住我的紅衣，死命扯著，堅決不肯放。

「讓我過去。」

「夫人，那兒沒人的。」

紅衣撕裂，絲羅散亂，連髮簪都落了地，黑髮散亂，四周看得不真切。他們扯住我，往房裡拖行。無數無數的手，死命的、堅決的、無情的、不耐的扯住我……

為什麼要攔我？為什麼要騙我？那裡分明就有聲音。

求求你們，讓我過去、讓我過去、讓我過去。

「我聽見那兒有聲音。」

「您聽錯了。」

他們圍住我，眼神不耐，表情厭惡。

你怎麼還不回來？我好怕。

「來啊，把夫人送回房裡。」

有人扛起我，動作粗魯，將我推回房內。

砰的一聲，門被關上，阻隔了日光，房內變得幽暗，彷彿千年難開的古墓。窗外人影幢幢，無數隻眼望著我，有紛紛的耳語聲，男人的咒罵、女人的訕笑。

「鎖上，快鎖上。」

「別讓她再出來。」

「記得，仔細的鎖牢。」

鐵鍊的聲音，在門上繞了一層又一層，鎖緊鎖死。

「哼，就是會添麻煩！」

末了，還重踹房門，這才離去。

終於明白，那些鎖不是防盜賊，而是為了鎖住我。物離鄉貴，人離鄉賤，他們把我當成外人，處處提防著。夫人，只是一個空虛的頭銜。

你怎麼還不回來？還不回來擁抱我，告訴我，這一切都只是惡夢，只是我多心？

你怎麼還不回來？

窗外，月色朦朧。

我一時恍惚，幾乎要懷疑，是否真有枚月兒懸在那兒。

月光被門鎖阻攔，照不進屋裡。我每哀求嘶喊一次，門上的鎖就增加一重，鎖了一層又一層。

我獨坐在無盡的黑暗中，覺得冷。枕畔無人，被褥是涼的，涼得像崑崙山上，幽暗洞穴裡的墨玉床。我在那張床上睡過數百個冬季，那時我蜷曲著，寂寞得天荒地老。

我追隨你，以為可以不再寂寞。但為什麼來到這裡，我的寂寞成了疾，病入膏肓，無法痊癒？

你還記得承諾嗎？可還記得，說過要陪我一生一世？

我沒離開過崑崙山、沒離開過這片荒漠。

隨我走，我帶妳去看海。

悠悠的，我想起前塵。

崑崙山下，和闐的溪水旁，你是遠赴西北荒漠尋找璞石的玉匠，我是崑崙山上的住客，居住了千年之久。

明明該心如止水，卻禁不起你的一眼，我陷入迷戀的流沙。荒漠的月光下，你召喚我去，用酒哺餵我，以炙熱的體溫熨燙我的冰涼，你的目光讓我覺得熱。

每年春季，我在春光中褪下舊年衣衫。今夜春光瀰漫，我的衣裳穿不住，紅色的絲裳，在你手中褪了。

「妳的肌理涼潤，像玉。」

你著迷的、眷戀的說道，十指在我周身，四處挑燃。

我活了千百歲，卻不曾學過這種純粹的歡愉。我的生疏、你的熟練，誰人知道我其實比你年長那麼多？

在你的起伏下顫抖，用我初初學會的人類姿態，緊緊的絞住你、抱住你。不識得此種歡愉，千百歲月都是白費。

溫暖的肌膚、柔軟的肌理，你熱燙的觸摸，熨燙我的身子，讓我血暖了。

我無法饜足，一陣迷亂，咬上你的肩頭，抵死纏綿……

荒漠的月光，皎潔。

「妳穿紅衣，好美。」你的手伸來，理著我汗濕的髮。

我淺笑，仍臥在你的胸膛上。你不知道，這是天生的皮相，上蒼給的顏色，沒得揀的。

「告訴我，妳的名字。」

「我沒有名字。」

「那，我替妳取個名字。」

我抬頭望著你，有些懼怕。

你知不知道，為我取了名，就等於是替我烙了印？

「珊瑚。以後，就喚妳珊瑚。」

「那是什麼？」初次聽見這兩字，我只覺得陌生。

「海裡的珠寶，嫣紅璀璨，跟妳一般美。」

「海？那又是什麼？」

「妳沒見過海？」你詫異。

「我沒離開過崑崙山、沒離開過這片荒漠。」

「隨我走，我帶妳去看海。」

「我怕。」

「別怕，跟我走，我會守著妳一生一世，永遠對妳好。」

我隨著你來，離鄉背井，見到的卻是苦海。想回頭，卻已經望不到岸。

你在哪裡？在哪裡？為什麼還不回來？

我下了床榻，全身軟弱。窗外月光淡淡，這兒不是荒漠，是你的宅邸，離我的故鄉有千里遠。

僕人走過庭院，手中拿著一疊衣物，上頭擱著一雙鞋。

「老爺回來了？」我攀住窗櫺，急切詢問。

「沒有。」他不耐的說道，又想走開。

「不，他肯定回來了，我認得那雙鞋，是我中秋才新納的一雙鞋，老爺遠行時，我親手放進行囊中的。」

臨行密密縫，意恐遲遲歸。你離開那麼久，這才回來，我欣喜若狂。

僕人臉色古怪，半晌後總算回答：

「是回來了。」

既然回來了，為什麼先前要騙我？

「他在哪裡？」

你在哪裡？何時回來的？回來了，怎麼不來看我？

我好怕。

「爺在琢玉，他新近得了一塊美玉，正忙著呢！」

他說著這句話時，竊竊一笑，笑得好詭異。

「讓我見他。」

「爺琢玉時，不許人靠近的。」

「讓我見他！讓我見他！」

我哀求著，撕抓窗櫺，用力過度，皮開肉綻，鮮血淋漓。

為什麼不讓我見你？我分明是你的妻。

「瘋女人！」僕人厭惡的說道，飛快逃離。

這宅院又變得冷寂，只有我嘶啞的低語迴盪其間。

玉匠總是在找最好的玉石，尋到一塊璞石，全心全意的去愛，細細琢磨。磨成器了，便再去尋另一塊璞石。

我是雕琢後，被捨下的玉石嗎？

我怕。

別怕，跟我走，我會守著妳一生一世，永遠對妳好。

我好怕。

知道嗎？你離家的這些夜裡，那聲音夜夜都來——有女子的呻吟，跟男人的喘息。遠遠望去，只見南廂那簾紗窗之後，人影重疊、交纏、起伏。女人的笑、男人的喘息……

喘息裡有我熟悉的嗓音，曾在我耳畔，說著誘人的情話。

妳穿紅衣，好美。

告訴我，妳的名字。

那，我替妳取個名字。

知不知道，為我取了名，就等於是替我烙了印？你在哪裡？為何不來喚我的名？

珊瑚。以後，就喚妳珊瑚。

連我的名，都是你給的。

海裡的珠寶，嫣紅璀璨，跟妳一般美。
妳沒見過海？
隨我走，我帶妳去看海。

苦海，無邊。

別怕，跟我走，我會守著妳一生一世，永遠對妳好。

一生一世？一生一世？一生一世？我還未老，你還未死，先前的許諾，還算不算數？

南廂角落，那聲音又來了，我摀住耳，不願聽。

食指刺得太深，雙耳都淌著血，卻仍舊聽見，那聲音一陣又一陣，如波如濤如浪，不斷鼓譟。

我不要聽不要聽不要聽不要聽！

別喊了，求求你們，放過我放過我……！

「啊——」

屋內有人在叫，聲音好淒厲，近似泣血，聲嘶力竭，如動物的痛嚎。

誰呢？是誰在哭嚎？

「啊——」

紗簾紛飛，被褥冰涼，十指陷入其中，我撕了又撕、扯了又扯，非要將它碎屍萬段。絲線陷入指尖，割劃血肉，鮮血四淌，染得周遭一片豔紅。

我的血是涼的，暖不起來。

絲線漫天，剪不亂理還亂。滿天滿地滿心，都是亂。我還聽得見那聲音，女人的吟哦，男人的低吼……

放過我、放過我！

絲線纏在肌膚上，勒出無數血痕。我低下頭，鮮紅的液體滴落，濡濕肌膚臂膀。

早已分不清，那是淚，或是血。

天色，微明。

我蜷曲在地上，臥在冷冷的紅色汪洋裡。紅色的絲線、紅色的碎綢、紅色的血跡。

門被推開，有人走進來，步履遲疑，在破碎的絲幕後方探看。晨曦在那人背後形成暗影，隱約是男子的髮束模樣。

是你嗎？是你嗎？你回來了？

我盤身而起，撲上前去，急著要回你懷抱汲取溫暖。你知不知道，我好冷、好怕，恐懼了一整夜。

「啊！」驚慌的慘叫聲，那人連退數步。

是僕人。先前捧著你的鞋，走過我窗前的那個。

他臉色慘白，想退想逃，卻被我糾纏住。我的手、我的腳，我的身軀，在他身上繞了幾圈，柔軟得難以置信。

我靠得好近，能看見他的雙瞳，因為驚愕恐懼而放大。他張大了嘴，出氣多，入氣少，瞪著我逼近的臉，全身震顫。

「為什麼？為什麼你不是他？」我低聲問，靠在他的頸邊。

他答不出來。

我伸出雙手撕扯那人的肌膚骨肉，像撕扯絲幔。他嘶喊哭叫，四肢百骸在我的手下殘破。終於，哀嚎靜止，他沉默了。

四周都濺了溫熱的、腥甜的液體。我輕輕抹去，望著滿手的鮮紅。

踏出屋外，宅邸中一片沉寂。

人都上哪裡去了？

南廂聽得見隱約的聲音，是男女倦極睡去後，平穩的呼吸聲。我走上前去，這次再沒有人阻攔。

這是琢玉的房，擺滿了玉器與璞石。解玉的沙、浸玉的水、裂玉的繩，躺臥在其間的你們，赤身裸體。

瞧，我沒聽錯，這兒果真有聲音。

「誰？是誰？」你被驚醒，睡眼惺忪，很是不悅。

我踏入屋內，痴痴望著你。你瞪視我，從我染血的衣衫，一路看到我染血的雙手。我的腳邊有一道蜿蜒的血書，鮮血仍在滴流。

你睡意全消，神情愕然，突然坐起。

你沒認出我？沒認出你結髮的妻？

臥在你懷裡的女子醒來，揉著眼問：

「怎麼回事？是哪個不識相的奴才，竟敢來吵……啊——」質問轉為恐懼驚叫。

「不要過來！」你呼號著，臉色慘白，伸手擲來一枚未琢的璞。

堅硬的璞石敲碎我的額，滴落的液體染得衣衫肌膚更加豔紅。

你看，我滿手滿身都是豔豔的紅。你不是最愛我穿紅衣嗎？你看看我、看看我，喜不喜歡我的模樣？

為什麼不看我？為什麼還抱著那女子不放手？

那女人肌膚軟潤、溫暖，跟你是同類。你是否也為她取了名？

是我遺忘了，你的一生一世，比我的短暫許多。你厭倦了我冰涼的肌膚，非要尋個溫熱的女體，躲在這兒日夜歡愛，還囑咐僕人將我鎖在屋裡。

人類，如此善變且健忘。我愚昧得看不清，還將那些謊言，聽成了諾言。

明明不能實踐，為什麼還要跟我海誓山盟？

你、騙、了、我。

妖比人忠誠，動物比人懂得從一而終。

我不做人了。

撲上前去，我骨節皆折，四肢身軀都變得綿長蜿蜒，全身皆是豔麗的紅。就連雙眼流出的，也是豔紅的血淚。

「啊！妖怪！」

你失聲狂叫，拾起手邊所有東西，瘋狂的攻擊，亟欲將我至之死地。

是的，我是妖。

我不做人了。

閃過琢玉利刃的攻擊，投入你懷裡，這次換我擁抱你。緊緊的、緊緊的，我愈纏愈緊，誰都拆不開我給你的擁抱。

「不要過來！不要過來！放開我——」

你呼號慘叫，連連掙扎，在我懷抱中喘息。

跟我走，我會守著妳一生一世，永遠對妳好。

還記得和闐嗎？還記得那晚的月光嗎？

「你說過，會永遠對我好的。」

我探出蛇信，舔你的頸項。以往，這個舉動，能讓你興奮得顫抖，然而如今，你的顫抖是因為恐懼。

你張口，卻無言。是想呼喚我的名嗎？你還記得我的名嗎？

我不要別人奪走你，你是我的，只該是我的，只能是我的……

我收勒肌膚骨骼，緊緊絞住你、絞住你。至死方休。

然後，吻你。

冰冰的蛇信舔你，而後盤繞。最深的吻，是啃咬與吞噬。只有蛇才最懂得，何謂繾綣。

溫暖的肌膚、柔軟的肌理，熱燙的，是你的血。

我的血暖不了。

無法饜足。

一陣迷亂，把你吞沒。

聽得見你的身軀在我體內粉碎，耳邊迴響著碎骨的音韻。詭異的歡愉在腹中蔓延，銷了我的魂，蝕了你的骨。

原來，吞噬與歡愛這麼的相似，我同樣都包容收納了你。我吞下你，肌膚骨肉血全嚥得一乾二淨，無一遺漏。

宅邸，死寂，只有月兒看著。

女子赤身裸體，呆坐在一旁，嚇得肝膽俱裂。死了。

我懷抱著充實的腹，擁抱你的全部，蜷曲在仍有餘溫的血海裡，靜靜閉上眼睛，作起最深幽的夢。夢裡，無人知道花落多少。

此後，世上再不會有誰喚我的名。沒了名字，就再也不是人，我只是動物，只是妖。

我終於懂了。

讓你存在我的體內，化為我的血肉，才能廝守終老。你不會老去，更不會離去，永遠屬於我。

這，才是天長地久。

陸

風邪

春風暖暖，吹得花兒開放，人們神清氣爽。

這時候的風最是舒服。李翁穿著舊衣裳，在千壽橋上停步，深深聞嗅風的氣息，覺得精神抖擻，才又往前走去。

他家三代住在硯城裡，靠種植茶花致富。

因為茶花為他家帶來財富，所以對茶花他始終心存敬意，栽種時格外用心，從來不假他人之手，每一株都親自伺候，天熱時多點水、天冷時蓋些土，對茶花輕聲細語，長得枝繁葉茂他就高興、長得枯萎凋零他就哀傷。

因為相當用心，所以他種出的茶花都盛開得很美。

不論是瑪瑙茶、寶珠茶、蕉萼白寶珠、楊妃茶、正宮粉、石榴茶、一捻紅、照殿紅、白芙蓉或美人茶；也不論是單瓣、半重瓣、重瓣、曲瓣、五星瓣、六角形；花色紅、黃、白、粉，甚至白瓣紅點等，只要是李翁種植的，都生長得很好。

要是有買了他的茶花去，種下後得了病的，請他過去醫治，他一定急如星火，不分晝夜的奔去看顧，直到茶花恢復健康、再見鮮妍，他才放心離去。

他把每株茶花，都當女兒一般，又因為年邁還沒有娶妻，所以硯城裡的人與非人，總說他以茶花為妻、茶葉為子。他聽了笑呵呵，捻著鬍鬚直說這稱呼他喜歡。

這日，他照例先繞到木府的石牌坊前，擱下今早在家中園子裡，開放得最美的一朵茶花，恭敬的叩首，喃喃自語：

「這朵花請姑娘笑納。」

木府的主人，就是硯城的主人。

每任主人都很年輕，男的稱公子，女的稱姑娘。

這任的主人，是個比花還嬌美的少女。李翁因為獻上許多茶花，花兒們開得很好，他因而有幸被召見進木府。

那是姑娘第一年來到木府時。硬眉硬眼的灰衣人，領著髮鬚皆白，卻身體硬朗的李翁，經過曲曲折折的迴廊，走進一重一重的樓房。庭院裡的景色很奇異，各季花木都爭相綻放。

最後，他在大廳裡見到木府的新主人。

姑娘容貌如十六歲少女，也像少女般美麗愛笑，說茶花們很盡責，不但賞心悅目，還日日替她的綢衣換顏色，都是李翁的功勞，賞給他一顆珠子，又跟李翁聊起關於茶花的事情。姑娘的見識讓他驚奇，清脆脆的幾句話，比養花、護花超過一甲子的他都精闢。

李翁回家後，把珠子縫在袖子裡，此後無論去哪裡，都能出入平安。

因為敬重姑娘，他從此每天把園子裡開得最美的花，都摘下來，特地到石牌坊前，慎重的擱下。

這樣擱了一年多，有天來了一個衣衫像白芙蓉、粉裡帶著一點點嬌紅的美麗女子，神情敬重又有榮光，告訴他：

「夫君這麼日日獻花，姑娘很是高興，所以再有賞，珠子多加一顆。」

然後，她坐在地上，化作一株白芙蓉茶花。

李翁驚奇不已，摸著袖子，果然感覺到布料之間，珠子由一顆變成兩顆，仔細看看縫線，並沒有拆開再縫過的痕跡。

他從此獻花更不敢懈怠。而那株白芙蓉茶花，他自是細心照料，特意為它搭了個棚子。冬季大雪隆冬時，他甚至將它搬進屋子裡，有外人來求售，他都不肯，說那是他的妻子。

去年，硯城裡的人與非人們說著，姑娘因為公子的撲襲，受了相當重的傷。他很是焦急，對著園子裡的茶花們說出憂慮，本來就真紅耐久、獨能深月占春風的茶花，開得更是花繁豔紅、深奪曉霞。他在凜冬時獻上的花，比以往更豔美，希望姑娘看了花，心情能好些，也痊癒得快些。

做完一日的第一要事，他才邁著從容步伐，往回走過千孫橋，通過四方街廣場，去到溢燦井附近、方家的宅邸去。

方毅是琢玉的能工巧匠，每塊璞玉被他雕琢後，就栩栩如生，雕的花彷彿有花香、雕的龍彷彿要騰飛。而他最擅長雕美人。

他雕的美人遠近馳名，許多人慕名而來，捧著金銀求他雕刻，但他要是找不到中意的玉，就算再多金銀也不動刀。

某次，方毅離開硯城七八年，回來時帶著紅衣美貌女子，名為珊瑚，說是在外地娶的妻。

原來，他去了西北荒漠，在崑崙山下的和闐溪旁找尋璞石，不但找到稀世美玉，還找到稀世美人，人與非人都很羨慕。

方毅得了美妻又有美玉，家境也富裕起來。他把雕成的玉美人，放在四方街廣場供人欣賞了一個月，人們都說像極了他的妻子珊瑚。

但是，方毅成家後，卻繼續貪戀美色，起先是在別處尋歡，漸漸的也沒顧忌，竟把女子帶回家作樂。奴僕欺珊瑚是外地人，聯手隱瞞，對她很冷淡，甚至沒有尊卑之分。

這些事傳開，人們心中為珊瑚抱不平，但到底是方毅的家事，外人不好插嘴。

李翁對花兒專情，對別人家事不過問。去年夏季時有人送他一塊玉，大如方桌，他讓方毅來看，想要雕成一個大花盆，把白芙蓉栽種在裡頭。方毅懂玉，一看就說是難得美玉，請務必讓他來雕琢，彼此約定一季之後交付。

只是，入冬後硯城震盪，李翁也無心想到花盆的事，延宕至春季這日，他才來到方毅的宅邸前，想問問花盆是否完工。

但是以往賓客絡繹不絕的方家，大門雖然敞開，卻見不到半個人與非人。李翁在門前張望，還試著叫喚。

「請問，有人嗎？」

叫喚了幾次，都得不到回應。李翁又說：

「我找方毅。」

還是沒有回應，屋子只有風聲迴盪。

李翁心裡發麻，卻又惦記著要給白芙蓉的花盆，探頭看了一會兒，忽然發現地上落著幾片碎紅，比最紅的茶花更紅，豔豔的在日光下閃爍。

他蹲下身去審視，用指尖挑起一片，湊到眼前觀看。

那是紅豔的鱗片。屋裡落得比較多，屋前則僅有幾片，往屋內看去，多得像是女子留下的腳印，誘人進去屋裡似的。

李翁正想著紅鱗不知從哪裡來，倏地一陣風從屋裡湧出，吹帶出一陣飄雨般的紅鱗，撒在空中處處金紅，無限好看。

但是，那風冷得詭異，跟暖暖春風完全不同，還帶著腥味。

李翁被吹得全身發寒，覺得一股膻腥味直沖腦內，像是尖錐子扎進腦袋一樣痛徹骨髓，一時什麼都顧不得，轉身就逃回家中。

李翁回到家就病了。

這病來勢洶洶。他躺在床上輾轉呻吟，一下子很冷，像是身處寒冰獄裡；一會兒又到熱到無法忍受，像是身在燒到炙熱通紅的炭甕中。全身三百六十個骨節，每節均像是浸在醋裡般痠酥；四萬八千個毛孔，每個都滴出汗珠。

神智昏沉間，他雙眼朦朧，隱約看見床榻邊有影子晃動。

兩張從未見過的鬼臉，湊到他面前，一張白、一張黑；一個大眼小鼻、一個小眼大鼻，興味盎然的端詳，嘻嘻咯咯的訕笑。

「嘻嘻，看他病得就離死只剩一步了。」大眼的說。

「病死了好。」小眼的說。

「不好，病死就看不到他痛苦。」

「說的是。」

兩隻鬼在床榻邊揶揄，李翁氣恨，卻又無能為力，也沒有符咒可以驅鬼。這樣的病痛，縱使是健壯的男人也承受不住，何況李翁年紀已經大了。

以往，硯城裡還有個名喚鄭堆的人，跟李翁是同輩，彼此交情也深。鄭堆的符咒很靈驗，百試百靈。他在四方街廣場一角擺攤，用硃砂畫的符咒，可以驅除惡鬼邪神。

鄭堆死的時候，李翁也去奠祭，幫忙把喪禮辦得風風光光。

後來，鄭堆變成鬼，還想重操舊業，畫的符咒卻都不靈，被人與非人唾罵，因此被公子蠱惑，落得魂飛魄散。

李翁在病中想起故友，想著自己差不多也要死了，但是絕對不會被蠱惑，無論如何都要對姑娘忠誠。正這麼想著，卻見一個衣衫粉色中帶著嬌紅的美麗女子，走到病榻旁，持著濃綠色扇子，朝兩隻鬼揮趕。

「快走快走！」女子揚聲說道。

大眼小鼻跟小眼大鼻的鬼，因為興致被擾，都氣得眼珠子迸出來，各自捧著眼珠子。

「可惡的茶花精，現在能趕我們走，但我們一定還要回來！」

「對！」

「他已經染了病，非死不可。」

「到時候，連妳這株茶花精，都要跟著病！」

兩隻鬼嚷嚷著，才不甘心的穿過牆，冉冉消失。

李翁頓時覺得全身輕鬆。那女子靠過來，有芬芳的花香，他嗅了她的香氣，病就好了三分；她的手摸上他的額頭，病就好了五分，能夠靠著她的身子坐起。

「白芙蓉？」聞著花香，他就知道是她。

是那株他最認真照料，搭了棚子，又在冬季搬進屋，視為妻子的白芙蓉。

女子滿臉是淚的點頭，抱著因病消瘦的他，哭著自責：

「夫君因為我，才去了方府，染上這麼重的病……我真是該死。」她傷心不已。

「怎麼會是妳的錯？是我太不小心，才會招來邪祟。」他很不捨，擦著一顆顆眼淚。

「那兩隻是風鬼，被吹著就會犯病。」

白芙蓉停住哭，一遍遍撫著李翁的臉：

「想是方府裡有妖物作祟，而且是能力極大的妖。硯城自從姑娘與公子一戰後，雪山震盪，結界又有損，風鬼才從那兒竄進。要是那妖物跟公子聯手，怕就萬事休矣。」

「別擔心，硯城裡還有姑娘呢！」李翁說道。

白芙蓉嘆氣道：

「姑娘這會兒還在休養，只怕能力不如從前。」

李翁嚴肅搖頭。

「愛妻不可這麼說，我們都要盼著姑娘痊癒才是。」

「夫君說得有理。」

說到這時，李翁的肚子響了。原來這些天他臥病在床，一滴水、一粒米都沒有吃，肚子裡早就空空如也。

「我真是不該，竟顧著哀傷，忘了夫君飢渴。」

白芙蓉快快起身，去廚房生火起灶，淘米煮粥。過了一會兒，她端來一碗芬芳馥郁的粥，一匙匙吹到不燙，才餵李翁吃下。

粥很美味，是他以前從不曾嚐過的滋味，裡頭還有白芙蓉的香氣。問了做法，她說是用自己的露水去煮的，能強身健體，對病弱的人最好。

吃完一碗粥，他出了一身大汗，大笑說：

「我哪裡還有什麼病？」聲音竟比病前更爽朗有力。

白芙蓉很高興，嫣然笑著，為他擦拭汗水後，再用兩手替他輕揉太陽穴。一陣陣花香沁人心脾，穿過鼻腔，浸潤到骨髓裡，當真把病氣都驅逐了。

兩人和衣睡下，李翁抱著她，覺得她肌膚滑潤，芬芳從骨肉間透出，趁著夜半無人私語時誇獎她。她羞澀的說，都是夫君照料有加，才能比從木府裡來的時候更美，別的茶花們都羨慕她有好郎君。

這麼睡了幾日，李翁的白髮竟然轉黑，模樣也變得年輕。白芙蓉餐餐煮食，卻都只是看著他吃，她只喝點水。

李翁的模樣跟體力，都恢復到壯年，兩人於是真正成了夫妻。

但是漸漸的，白芙蓉起了變化。

最先，是從衣衫開始。

原本是粉色中透著嬌紅，但嬌紅先消褪，粉嫩的顏色慢慢變成很淺很淺很淺的褐色，褐色逐漸變深。

有天她攬鏡自照，在桌前不停嘆息。李翁看見很是心疼，便從後方抱著她。

「愛妻仍舊美貌如昔，為什麼要嘆氣？」

她倚靠在他懷中，輕聲細語：

「我並非在意自己容貌，而是知道自己染病，怕從此不能照料夫君，於是覺得哀愁。」

李翁大驚失色。

「妳病了？」

他本就愛極白芙蓉茶花時的模樣，如今化為人形後，更是珍愛得如珠如寶，聽到她病了就焦急不已。

「風鬼很凶惡，我雖然暫時驅逐了它們，卻不知道那時已經染了病。這陣子都跟夫君恩愛，等到發覺時，才知曉自己已經病了。」

她一邊說著，容貌也跟著枯槁，說完時已是滿頭白髮，跟八十幾歲的老婦沒兩樣。

「我如今病得容貌不堪，夫君可以休離我，再去選一株茶花為妻。全硯城的茶花都盼望能跟夫君結為連理。」

然而李翁哪裡會肯？

「我養過的茶花的確無數，但只有妳是我的妻。現在妳病著，我都想拿性命去換取妳的健康，怎麼還會想著去挑別株茶花做妻子？」

他抱著蒼老的她，在床榻躺下。

白芙蓉流下眼淚，交給他一把扇子。

「蒙得夫君深情，我就是精魄不要，也要護著你。這是我的葉所做的扇子，暫時還能驅鬼，要是風鬼們再來，請夫君用來自保。」

李翁說什麼都不肯走，就是要守在床榻邊，仔細餵養白芙蓉。

起先，她還能維持人形，但是因為病得重，人形就慢慢淡了，纖嫩的指尖泛綠，漸漸變成葉子。

直到夜深時候，她的雙手雙腳都變成枝幹，風鬼們果然出現了。

「看那茶花精，嘻嘻。」白面鬼說。

「病了！」黑面鬼說。

「病得好！」

「壞我們的好事，該病。」

「咯咯，病著讓我們看，求生不得、求死不能。」

「是啊！」

李翁擋在床榻前，用力揮著扇子，不讓風鬼們靠近。風鬼的容貌愈來愈猙獰，幾次要靠近，都被扇子趕開。

「你們快走，不要來危害我妻子！」他不肯離去。

風鬼被阻擋，看不到白芙蓉的病容，很不甘心，嘟起嘴吹出風來。風愈來愈強，把屋子裡的擺設都吹得歪倒，到後來整間屋子甚至隆隆作響，隨時要被吹得瓦飛牆裂。

但是，即使吹得再強，鬼風遇到茶葉扇扇出的風就平息，李翁安然無恙，連一根頭髮都沒被吹動，身後的床榻，以及臥病的白芙蓉也安然無恙。

這樣僵持了幾個時辰，窗外終於亮起天光，風鬼們精疲力竭，不得所願的在李翁跟床榻邊徘徊，鬼影幢幢。

「可恨！」

「恨啊，好恨啊！」

「可恨！」

「恨啊，好恨啊！」

「你能抵擋多久？終究是要輸的。」

「我們還會再來！」

「對，帶更多同伴來。」

「到時候你跟茶花精，都要一起病。」

風鬼們在床榻邊奔跑，鬼嘯連連。

「你可以護著她，卻護不住滿園子的茶花！」

「對，就讓滿園子的茶花都病！」

「不，不止，要讓全硯城的茶花都病！」

「說得對！」

風鬼們這才離去，穿過窗戶時，木窗喀啦喀啦的抖動不已。

折騰了整夜，李翁也疲憊不已。直到確定風鬼們真的消失，他連忙回過頭來察看白芙蓉，見她連身子也逐漸變成枝幹，床榻上掉落很多葉子，但每片都是枯黃的，焦急得不知所措。

「愛妻，我該怎麼做才能救妳？」他落下淚來。

白芙蓉喘息著。

「風鬼們夜裡還要來，今晚怕是連我的葉扇都不能抵擋。」

她喘了一會兒，才又有力氣說話：

「我真不好，連累滿園子、全硯城的姊妹們，都要因此犯病，罪孽實在深重。」

她哭著。

「愛妻不要自責。」

李翁原本傷心，突然想到辦法，頓時振奮起來：

「對了，我去求木府求姑娘，她肯定能救妳我，也能救硯城！愛妻要等著我，我盡量快去快回！」

他連忙出門，看見滿園的茶花果然都染病。

有的是黃化，葉上乳白有斑點，或全部變成黃白色，

有的是潰瘍，枝梢跟果實上有圓形斑，葉片凋落。

有的是斑上有黑色小顆粒。

有的是出了暗褐色霉斑。

蟲子們也病得失序，放肆啃咬。

桃蚜、棉蚜吃著嫩芽；紅蜘蛛張牙舞爪的橫行；紅蠟介殼蟲寄生葉柄；星天牛、

藍翅天牛的幼蟲蛀食樹幹；黑絨金龜、銅綠金龜、小青花金龜集食樹葉。

每株花、每隻蟲，身上都有紅鱗。

風吹過叢叢茶花，葉響的沙沙聲，聽仔細些都是都是女子哭聲，哀哀叫喚。

李翁救命！

李翁救命！

他心裡著急，奔跑得更快，匆匆經過四方街廣場，竟看見熟識的人與非人都有許多病倒，紛紛輾轉痛叫，就算沒有病倒的也有病容。而身上紅鱗多的，病得最重；身上紅鱗少的，病得就輕。

然而，許多陌生的人與非人，雖然身上有紅鱗，卻全都沒病。

陌生的人與非人，取代熟悉的面孔，開藥行、當苦力、擺小攤、溜狗放鷹，個個都健康，看見李翁奔過，有的陰陰冷笑，有的很有禮貌，還對他頷首點頭，殷勤的問好。

李翁駭然不已，到石牌坊前跪倒就猛磕頭，口裡一直喊著：

「求求姑娘救命！求求姑娘救命！我家白芙蓉就要被邪風帶的疫病害死，只有姑娘能救她一命。」

他不斷磕頭，額頭都磕破，受傷流血也不管。

「我願意替她病、願意替她死，只求她能活著。」

這樣磕了好一會兒，才有硬眉硬眼的灰衣人出來，伸手往他嘴上一劃，他雙唇就黏住，只能無聲嗚咽，眼淚跟額上的血一直滴。

灰衣人領著他，走進木府裡，景致與先前走過那次都不同。

大廳倒還是跟上次來時一樣，只是當時坐著的姑娘，這會兒被雷大馬鍋頭抱著。

雷剛坐在椅子上，護衛著臥在胸膛上的姑娘。

李翁跪下，又是一陣猛磕頭。

姑娘睜開眼，半直起身子，嫩粉的食指朝著他輕輕一劃，他的雙唇就分開，能夠正常言語了。

「你情意很深，說的話讓我聽得心痛，所以才先封了你的嘴，讓你進來。」

她的聲音清脆，雙眸澄清，嗓音悅耳卻少了先前的精神。

「求姑娘救救白芙蓉。」李翁虔誠請求。

彷彿十六歲，又不是十六歲的姑娘，閉起雙眸想了一會兒。他不敢催促，心裡再急也噤聲等著。此時，身穿米色衣裳、衣角有朱印的俊美男子，端來水晶杯盛的湯藥。

雷剛接過手，把湯藥吹得稍微涼一些，才低下頭吻了吻她的額。

姑娘的雙眸仍然閉著，粉唇倒是輕分，讓雷剛一匙一匙，慢慢的把湯藥餵進嘴裡，毫無保留的信賴，每口都吞嚥下肚。

湯藥喝完，雷剛拿著手巾，擦拭她嘴邊的些許藥漬。

她喘了口氣，這時才睜開雙眼，再度說話，精神竟比喝藥之前還差了一些。

「之前賞給你的珠子，能夠避邪，你跟白芙蓉各吞一顆，就能長命無病，之後能有子孫。如果是共食一顆，雖然風鬼無法再禍害你們，往後卻沒有子孫了。」

她輕聲一嘆，大廳裡的磚石就哀傷得褪色。

「以往，我健康時，只要一顆珠子就能救許多人，現在休養不見痊癒，竟然還更虛弱，珠子效力就弱了，你不要見怪。」

李翁哪敢怪罪，再度磕頭如搗蒜。

「謝謝姑娘！」

聽不見回答，他惶恐抬起頭，看見雷大馬鍋頭濃眉緊擰，抱著再度閉眸的姑娘起身，匆匆離開大廳往後頭走去。

米色衣裳的俊美男子，走到李翁面前，示意他跟著走。他不敢多問，畢恭畢敬的低頭跟著，一路走出大廳、走出樓閣。

「姑娘的傷勢還沒好，這陣子愈來愈衰弱，大夥兒都心急。」

他伸出手，往迴廊指去，一個灰衣人就站在那兒。

「我只能送你到這裡，盡快回去伺候吧，灰衣人會帶你出去。」

他轉過身去，衣角朱印翻飛。

李翁跟著灰衣人，經過長長迴廊，像是走了很久，又像是只走了幾步，就來到石牌坊外。

向灰衣人道謝後，他舉步飛奔，跑得胸口悶痛，連命都去了半條，才盡快趕到家中，直奔床榻邊。

白芙蓉這時已經不是人形，床榻上躺著一株瀕死的茶花。

他放聲痛哭，恨自己回來得太遲，最後抱著一絲希望，剪開袖子後，取出一顆光芒燦燦的珠子，磨成粉後兌進醋，一點一滴的抹在茶花根部，還把枝葉枯黃的部分都抹遍。

才剛抹好，瀕死的茶花竟變得鮮活，枝幹葉梢都很健康，重新長出花蕾，再度綻放開來。

李翁驚喜不已，耐心的在花上抹珠粉，指尖抹過之處，花瓣就化為女子臉龐。

過了一會兒，白芙蓉又化為人形，睜開雙眼來。

夫妻兩人抱頭大哭，都感謝姑娘的恩情。李翁把在木府裡的見聞，一五一十的跟白芙蓉說。說完後他提議：

「既然妳我共食一顆，就能免於風鬼騷擾，那麼另一顆不如磨成粉、兌進醋、用水稀釋後，去救治園子裡的茶花們吧。」

白芙蓉握著他的手，問：

「夫君難道不想要有子孫，能夠傳宗接代嗎？」

李翁笑著說：

「我本來就以茶花為妻、茶葉為子。那些茶花是妳的姊妹，茶葉是我的孫子，救她們自是理所當然。」

白芙蓉欣喜不已，抱住丈夫說道：

「我真的沒有嫁錯人，郎君真是我姊妹們的救星。」

於是，李翁喝下剩下的珠粉，夫妻兩人再把另外一顆珠子也磨成粉，兌醋後用水稀釋，灑在每株茶花根部，園子裡的茶花就恢復健康，一株株、一叢叢欣欣向榮。

蟲子們恢復理智，各自歸去。

從此，李翁與白芙蓉恩愛長久，園子裡的茶花也不再得病，如銅牆鐵壁般護衛夫妻二人，邪風吹到李家自會避開。

只是，硯城其他地方，都有邪風亂竄、紅鱗亂飄，原本住在這兒的人與非人都被疫病所苦，陷溺在病痛中，一日日被風鬼們騷擾。

木府的主人，就是硯城的主人。

木府的主人病著，硯城就病得更厲害。

誰能救硯城？

誰能救木府的主人、硯城的主人？

誰能救救姑娘？

柒

溺龍

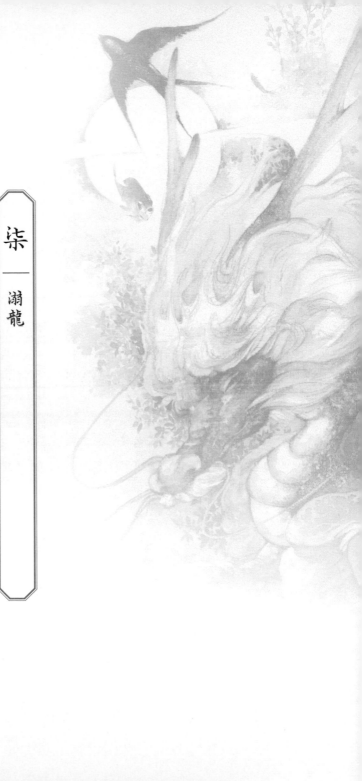

冰冷沁心的泉水，從千年栗樹底下湧出，匯進澄淨的水潭。

碧綠水潭的深處，黑龍正在沉睡。

漆黑的髮鬚在水中輕輕飄搖。潭中的水族們，全都收斂鱗爪皮甲，不敢發出聲音，連動作都小心翼翼，就怕擾動水流，壞了黑龍的休憩。

他睡得不好，常在夢中輾轉，激起潭底的泥。

藥布已經鬆脫，暴露沒有鱗片保護的身軀，在水潭底摩擦時，總有陣陣疼痛。

他在黑龍潭盤踞數百年，原本相安無事。

但是，百年前的木府主人娶妻那日，身為賓客的他喝得太醉，大鬧婚禮掀起波瀾，試圖淹沒硯城，被那任主人逼回深潭裡，用新娘的七根銀簪釘住。

七根銀簪的效力，只有五十年。

木府的主人，就是硯城的主人。

木府的主人通常都很年輕，男的稱為公子，女的稱為姑娘。

五十年的時間一到，上任主人公子來到潭底，一腳踩在銀簪上，說道：

「我可以為你除去銀簪，讓你從此自由。」

公子穿著飄逸的白袍，嘴角帶著冷淡笑容：

「但，你必須答應我，不再做一件惡事。」

龍有傲骨，黑龍的傲骨又特別硬，哪裡肯答應？他一口就拒絕。

公子面帶笑容，無情的把銀簪踩得更深，讓他錐心刺骨的疼痛。

又過了五十年，有隻豔紅中帶著金色的紅鯉魚，在這段時間裡，恭敬的為他啣來水草，敷著被銀簪深釘時、始終無法痊癒的傷，稍稍減去痛楚。

她還在時限快到時，靠在他耳畔，輕聲告訴他，或許假意服從就能重獲自由。

為了他，紅鯉魚游進木府裡，催促這任主人，該要快快拔去銀簪。

這任的木府主人，是個仍有一分稚氣的少女。

「我可以為你除去銀簪，讓你從此自由。」

姑娘輕聲說，即便他再放肆張狂也不驚不怕：

「但，你必須答應我，不再做一件惡事。」

黑龍不耐久痛，又看她是個小女孩，自然就小覷了她，不肯放過這個大好機會，開口便答：

「我答應妳。」

「好。」

姑娘笑著點頭：

「那我就放了你。」

銀簪粉碎，他狂喜翻滾，隨即猙獰的想吞吃這任硯城之主。她卻笑盈盈、嬌軟軟的說：

「你說謊。」

她聲音很輕：

「說謊就該受罰。」

姑娘刮去他所有龍鱗，鱗片化為一塊墨玉。紅鯉魚去為他求情，帶回來傷藥，為他抹藥，再纏上一圈圈藥布，跟他說，姑娘找他去木府，哭著告訴他：

「大人，誤判姑娘能力、請您說謊脫身，都是我的錯。請您委屈，我從此願意協助大人，即使粉身碎骨、魂飛魄散也心甘情願。」

她落淚的時候，紅鱗點點帶金。

姑娘以鱗片要脅，恣意使喚黑龍，逼他做許多小小雜事，而且做一件事只還他一片鱗。

蝴蝶不見了，就要他去找蝴蝶。

堂堂一個龍神，滿城找蝴蝶，出城到荒郊也只見花，不見蝴蝶，他於是號令水族們去找，青蛙找得不用心，大鯢找得輕忽；有的找得仔細、有的找得踏實，即便是四處查問、游上游下的也垂頭喪氣回報找不到，只有紅鯉魚找得最慎重，也最遠，找來蝴蝶送到他面前。

黑龍在夢中翻身，夢中紅影綽綽約約，都是紅鯉魚的身姿。

原形時，她有豔紅帶著金的長長魚尾。

人形時，她一身薄紗，同樣豔紅帶金，在身後披垂了幾尺長。

他在潭底時，她一口一口啣來軟嫩水草，教他臥眠之處，都有厚厚的水草做底，不會碰疼藥布下的傷口。

姑娘現身時，水族們都湊上前，圍著猛獻殷勤，只有紅鯉魚始終守在他身旁，不離不棄——

黑龍在夢裡陷溺得更深。

紅鯉魚啊紅鯉魚，他在夢裡想起那麼多，關於紅鯉魚的點點滴滴。

公子化魔回到硯城，尋找夫人作亂時，硯城裡的火都消失，姑娘命令他去找火。

他在黑夜裡聽了人與非人們的抱怨，不耐煩的吩咐：

「去拿個燈台來。」

他連看都沒看她一眼。

「是。」

她始終不曾怠慢，一直恭敬。

燈籠妖冒犯，竟吻了他，汲取他的龍火。他並不惱怒，但她已經怒不可遏，滋啦的從薄紗中戳出銳利魚刺，根根穿透釘牢燈籠妖，痛罵：

「放肆！」

那時，她的髮膚都變紅，髮絲無風自動，像燃燒中的火焰。

燈籠妖還故意嘲弄。

「妳很愛他吧？」

妖物很挑釁：

「我有他的吻，妳有什麼？」

妖物自恃有魔化的公子撐腰，甚至要黑龍投誠，說可以打倒姑娘、取回他的鱗片，從此他有鱗片護體，燈籠妖吐火驅敵，就可以永遠在一起。

他拒絕的時候，燈籠妖質問，是不是因為紅鯉魚？

「她配不上你！」

妖物這麼說：

「別再顧著那女人，跟我一起走。」

再三的冷淡拒絕，惹得燈籠妖大怒，竟對他噴出炙熱的龍火。

她也不想想，自己只是小小的紅鯉魚，竟擋在他身前，豔紅薄紗鋪開如網，護住他的身軀，自身暴露在龍火下，被高溫炙烤，薄紗瞬間就融化。

這隻紅鯉魚，為什麼這麼笨？

見到她受傷，他的理智頓時被怒火燒得一乾二淨，俐落殺掉燈籠妖，抱著她就到木府去求救，完全忘記姑娘要他留下活口。

在姑娘面前，她受著傷痛，卻仍一心把過錯攬在身上。

「姑娘，這完全是我的錯。」

她髮絲被燒落，掙扎著下地，不敢倚靠他，盡量用殘餘的髮絲遮蓋受傷部位，不讓他看見醜陋傷口。

但是，被燒落的髮絲，落在他的衣衫上，當他低頭望著時，就觸動某個他原本以為不存在的深處。

那時，即便姑娘不把鱗片給他，他也沒有抗議，只要姑娘把紅鯉魚治好就是了。

「告訴她，以後不要多管閒事！」

他這麼說，看似告訴姑娘，其實是說給紅鯉魚聽。

他為什麼說不出一句感謝？一句慰問？

為什麼？

黑龍在夢中深深懊悔。

事後，他甚至沒問過，她的傷好些沒有。

紅鯉魚為了他傷、為了他痛。

啊，他太驕傲，太盲目了！

黑龍悔不當初。

那株桃花精化成人形，讓男人們喝下累積千年的珍露，無論是人與非人，都對她著迷，深愛到難以自拔，同聲說她美、說愛她，唯獨他無動於衷。

「就算你是龍神，喝下那杯茶也會愛上我，對我唯命是從。」

信妖還在一旁說風涼話。

「你為什麼不愛她？」

不知死活的傢伙問：

「你是不是已經愛上別人了？」

夢境好清晰。

為什麼那時候，他沒有醒悟？

是太驕傲了嗎？

是的，是因為驕傲。

他那太硬、太該死的傲骨啊！

桃花精說：

「你的愛在別人那裡。」

他還回答：

「我沒有愛任何人。」

「不，一定有。」

桃花精很篤定：

「只是你自己不知道。」

「不可能有這種事情。」

他太在意鱗片在誰手上，卻沒發現愛在誰那裡。

懊悔到什麼程度才夠？痛徹心扉夠不夠？他的再多後悔都枉然。無用、無用、無用、無用、無用、無用、無用——

夢來到最痛，卻也最清晰的那段。

公子打開封印，悲鳴叫喚夫人之名。夫人傷心，而被夫人治癒的雪山也跟著傷心，落下大量積雪。

他竄到半空中，恢復原本模樣，圈繞大部分積雪，保護姑娘與雷剛。姑娘為了抵抗妖斧，以他的鱗片化為龍鱗之盾，他怕鱗片再被毀損，上前拍擊利斧，把攻擊轉到自己身上——

啊，可不可以夢到這裡就好？

再下去發生的事，太過慘烈，夢一次，他的心就狠狠的痛一次。

夢境不受控制，仍在繼續。

妖斧很是詭異，只追擊姑娘，他擋身在前，利爪交疊，龍氣灌注全身，但妖斧觸及爪尖時，竟感受不到半分敵意，銳利的斧穿過他，沒有痛、沒有血，甚至沒有傷口。

他氣恨被公子小覷，翻騰的發出震耳龍嘯，要把公子咬成肉末，牙卻被魔化的利爪握住。

彎刺的指甲，滿是魔的惡臭，陷入他上顎軟肉中。

烏黑的、炙熱的惡火燃起，燒灼他的下顎，最靠近腦的那處，讓他之前所有過痛苦都黯然失色，不及這次的萬分之一……

不，這只是肉體上的痛。

心痛，比肉體的痛，痛得更多、更深、更無邊無際、無處可逃。

他在下一瞬就感受到了。

當他激烈翻騰、吞下積雪，卻滅不去惡火時，紅鯉魚飛身而來，因為剛剛離水，趕得太快，衣衫都還沒乾。

她吻上他，吸出惡火！

這膽大妄為的、無視尊卑的、不知天高地厚的紅鯉魚啊，把惡火都吞進體內。

那是連他都支撐不住的惡火！

「不要！」

他被灼傷的嗓，喊出憤怒，以及又深又濃、明明白白的情緒：

「不要為了我！不准妳為我而死——」

她頭一次違逆他的命令，發燙的手，撫著他的臉，露出他永難忘記的溫柔微笑。

夢，這樣就夠了！

行不行？

掏走雙眼、掏走心、掏走肺、掏走什麼都好，不要讓他再重複夢見。

夢見那件豔紅帶金的衣衫，從尾端開始，逐漸變得焦黑。寸

寸

化

作

灰

燼

掉

落

夢見她的雙足、她的身軀，因為惡火毀損。

夢見她在烈焰中含笑，吞下最後一口惡火。

夢見她的灰燼如雪般撒落。

紅鯉魚，為了他而死的紅鯉魚，只餘灰燼，剩下一小片的鱗。

夢，讓他陷溺，讓他好痛好痛。

他把那片紅鱗，壓入額上，覆蓋原本的黑鱗，永遠都不再取下。

他只剩這麼少、這麼少的她，除了記憶，還有夢中一次次的回想。他有的她太少太少了。

沉睡的黑龍，因心痛而抽搐，額上的紅鱗豔麗帶金，光芒穿透清澈的潭水，白晝黑夜都看得見。全身冰冷的他，只有那處是暖的，有她的氣息跟溫度，匯聚他的想念。

這是他僅剩的。

事到如今，再後悔都於事無補了。

他愛她，那隻美麗的紅鯉魚啊。

這麼愛，愛得很深，卻太晚才醒悟，於是他只能在夢中一次又一次的懊悔，痛恨自己的往昔的言行。

黑龍，陷溺在夢中，難醒。

風吹過深潭水面，興起微微波浪。

一片片紅鱗落下，點開一圈圈大小不一的漣漪，水面波光瀲灩，紅鱗蕩漾其間，隨清波上下不定，像女子飄逸的長長裙襬。

慢慢的，紅鱗們落入潭中。

落到游魚上。

落到蟹殼上。

落到蝦鬚上。

水族們的身上都有紅鱗，有的多、有的少。牠們沒有反抗，充滿期望的看著紅鱗落下，沒有沾上的，還刻意湊上前去，翻身袒出肚腹，迎接紅鱗貼附，忘情的想貼上更多。

厚厚的水草也伸長再伸長，渴望得伸成無數指尖，撈著水面下的、水面上的紅鱗，圈裹回身上，濃綠中於是帶有豔紅的顏色。

是紅色的鱗！紅色的鱗！

水族們歡騰著，是龍神大人額上那般的紅鱗！既然龍神大人視若珍寶，那牠們要是貼得愈多愈多，就能被龍神大人重視吧？

落入水潭的紅鱗被瓜分一空，唯獨落在黑龍身上的，牠們不敢去搶去碰觸，那些貼得不足的水族們，於是順流游出黑龍潭，進入硯城大大小小的水渠，去追逐落在別處的紅鱗，一尾尾、一條條、一隻隻都想貼得紅豔豔的再衣錦還鄉。

貼得滿滿的水族，只剩烏黑的雙眼，陶醉的在水中游動，動作還輕輕的，很珍惜得來不易的新鱗，就怕碰掉了，失去這份榮光，被別的同類搶了去。

深潭裡很靜很靜很靜。

靜。

太靜了。

靜得像是某種巨大力量來臨前的徵兆，卻不知道是什麼樣的力量。是正的，還是負的？是邪的，還是善的？是有利的，還是會造成巨大破壞的？

疑問是頑強的苗，種下了就恣意茁壯，干擾黑龍陷溺許久的夢，把夢境擾得逐漸不清晰，他記得那麼深的、豔紅帶金的身影，開始變得模糊，還愈來愈淡化。

他在夢裡伸手，想挽留她淡去的模樣，她卻在他指尖化成灰燼，再怎麼掬取都是枉然。

這麼一動，黑龍醒了。

她的名字就在舌尖，他差點便要喚出。

夢很痛，但沒有夢的現實，沒有她，他醒來有什麼意義？

被擾醒的黑龍很惱怒，洶湧的怒氣必須找地方發洩。緊閉的龍眼豁地睜開，怒火在其中跳燃，想狠狠的咬碎什麼，是人、是鬼、是妖、是魔，或是最最最硬的雪山都好。

但，映入眼的顏色，讓他瞬間忘了怒。

紅。

是紅色的鱗。

覆蓋著水族與水草，他騰扭龍身細看，望見鬆脫的藥布之間，也有燦燦的紅鱗，長鬚頓時豎得筆直，一時間竟嗆了水，咳得整座深潭震動，噴湧出的龍氣上升，出水就爆破開來，傳得硯城內外都震盪不已。

是她嗎？

黑龍心神紊亂，狂喜難熄。

之前有多麼心痛，這時就有多麼欣喜。

是她嗎？

這些紅色的鱗。

是她回來了？

她回到他身邊了？

潭水因為黑龍的喜悅，翻騰得像是滾沸一般。

可是，為什麼只有鱗？

她呢？

他焦急的左看右看，都看不見那豔紅帶金的身影。

她如果回來，怎麼會沒有來到他身邊？是什麼人、什麼事絆住了她？他有那麼多話要跟她說，放眼硯城，有什麼人、什麼事膽敢阻礙他跟她之間？

對，他想到了！

一定是姑娘！

那個令人生厭、看似無害，甚至帶著一絲稚氣的小女孩，只有她這麼愛管閒事，也只有她有能耐，能阻擋他跟夢魂中的豔紅帶金身影相會！

黑龍飛騰破水，化作人形，用最快的速度往木府奔去。

他收緊身上的藥布，覆蓋摩擦出的傷，知道她看了那些傷，會很傷心很傷心。他不要她再傷心，再也不要、再也不要。

黑龍走得這麼凌亂倉促，什麼都不顧及，誰都擋不住他。

誰能擋得住一心一意的龍神呢？

他比風還要快。

縱使沒有姑娘的召喚，他依舊擅自闖過灰衣人守衛的石牌坊，踏進木府裡飛奔，執意要向姑娘討要那個，他在好多日夜裡始終惦念的紅鯉魚。

這次，姑娘要什麼，他全部給！

都拿去、都拿去，他只要紅鯉魚回來。

信妖看見黑龍奔來，臉色從紙的米色，褪得像是雪那樣蒼白。

「泥鰍！你怎麼來了？姑娘沒有找你。上次我看到你的傷都——啊啊啊，不要跑得這麼快啊——」

紙片黏在他肩上，纏住就不放，在他耳邊嘎啦嘎啦吵個沒完：

「你要去哪裡？啊，那裡是藥樓啦！那是放鑰匙的地方、那是花園、那裡是天井、那裡是庭園、那裡那裡那裡那裡我我我我我我也不知道那裡是哪裡啊啊啊啊啊啊！」

太吵了，又甩不掉，但是他沒空停下來，他要見紅鯉魚。

「不行，臭泥鰍、笨泥鰍，不能進去大廳。」

信妖喊得很大聲，語音驚恐，落地抓住磚石固定，用盡力氣拖住黑龍的衝勁。

「不可以，不可以！姑娘在休息，絕對不可以去打擾！」

他不肯聽，知道姑娘在大廳，就執意要進去，迫不及待。

信妖拖不住，連地上的磚都一路被掀開，抓耙出一道歪七扭八的無磚路，在景致美輪美奐的木府裡，顯得格外突兀。

大廳的門，有一層結界，但是被他輕易就一撞而開。他踏入大廳，望見躺臥在雷剛懷裡的姑娘，雙眼再急速搜尋，掃過褪色的牆、褪色的磚、褪色的桌、褪色的椅，卻沒有看見豔紅帶金的身影。

信妖滾進大廳，還在嘎啦嘎啦的叫，聲音卻變得很小：

「姑娘病得很重，不可以去打擾啦——」

「她在哪裡？」他劈頭就問。

為什麼看不見？是姑娘把她藏起來了嗎？

「不要藏住她，讓我看見她！快！」

他大步上前，逼得很近，直到雷剛神色嚴凜的伸出一指。

「別動！」

只是個人——不，只是個鬼，怎麼能阻止他？

但，不可置信的是他竟真的動彈不得。

這是什麼力量？

他是堂堂龍神，雷剛只是個鬼，為什麼能夠阻止他？這力量是來自姑娘，還是雷剛本身？有什麼玄怪之處？

這不重要！

「她在哪裡？」這才重要。

姑娘睜開雙眼，竟跟大廳的牆、磚、桌、椅一樣，都褪色了，甚至褪得更多。

「我沒有要你來。」脆脆的語音，比往昔嚴厲。

「她在哪裡？」他只關心這件事。

「誰在哪裡？」

他濃眉緊擰。

「不要再跟我玩遊戲！」

「誰跟你玩遊戲？」

該死！

懶於口舌之爭，他鬆開藥布，拋出一枚紅鱗。這是證據，一旦有了證據，即使是狡詐的姑娘也不能否認。

紅鱗被雷剛接住，攤開掌就在掌心泛著紅，沒有靠到姑娘臉旁，清麗的容顏比冬季的花更憔悴。

「你是睡得太久，連眼睛都睡壞了嗎？」

她罕見的沒有戲弄他，指著那片鱗，輕喘幾口氣，才能再說：

「這不是魚鱗，是蛇鱗。」

他全身僵硬，藥布全都鬆開，珍藏的紅鱗都落下，在腳邊鋪開一圈，像柔軟的、難以掙脫的繩——不，是蛇！

真的是蛇鱗，紅色的蛇，不是紅鯉魚的鱗！

他盲目得可笑，堂堂龍神竟連蛇鱗跟魚鱗都分辨不出，還急匆匆的趕來要人，臉都丟光了。

只是，神魂都不在了，臉面根本一點也不重要。

「人死了就死了，你還要念什麼？」

姑娘的語音冷淡，像是冰錐似的，戳進他沒有防備的心。

誤以為紅鱗是紅鯉魚歸來的證據，消弭的怒火，這時再度衝湧潰堤。他咬緊牙關，龍火卻從七竅噴出，想狠狠的咬碎什麼，是人、是鬼、是妖、是魔，或是最最最硬的雪山都好——

現在，他最想咬碎的，是冷言冷語的姑娘！

「她是為我而死的！」他痛吼。

「那又如何？」

姑娘質問：

「她活著的時候，你看過她一眼嗎？她死了就變得重要了嗎？」

「我愛她！」

他吼得更大聲，震動整個大廳，牆被震得碎裂，斑駁的紛紛落下，原處只剩虛空，幻象瀕臨消失。

姑娘劇烈咳喘，單薄的雙肩抖動，慘白的嘴裡咳吐出鮮血，沾在綢衣上淡開成花，落到地上也成了一株花，但花色都很淡。

木府在震動，硯城在震動，許多力量也蠢蠢欲動。

雷剛拍撫著姑娘的背，萬般不忍。

「別說了！」

姑娘搖搖頭，擦拭著唇瓣，半撐起身體，髮鬢都有些亂。即使在心愛的男人面前，她也不太能支撐了。

「公子作亂後，我休養雖然已經數月，卻始終沒有痊癒，最是需要你。」

清脆的聲音愈來愈衰微，洩漏她隱藏的虛弱：

「但是，這些日子裡，因為你怠惰，賣羊的蘇家，全家人都成了真菌宿主；烏賊騙去土地與房屋，原本的人與非人都失去住處；做紙的蔡家媳婦小婉，被鸜鵒妖拐走，如今不見人影；鹽妖作亂，許多男女被奪去內臟、骨骼腦與肉，只剩一張皮；玉匠方毅家的妻子珊瑚發狂，吞吃方毅與幾個奴僕；邪風趁機竄入硯城，到處散播疫病，許多人與非人都病倒。你還蠢笨到把蛇鱗當魚鱗，到我這兒來吵鬧！」

一連說了許多話，姑娘喘息不已，腳邊的花無聲凋謝，綢衣的花也融化，匯聚到衣角流下。

信妖咬緊了嘴，不敢出聲，但因為忍得太用力，心思反倒都浮現在身上，不斷反覆流動，一句一字很清晰：

可、可是——

那些事情，

並不是因為臭泥鰍才發生的啊啊啊啊，

這樣說，是不是太過分了？

唉，

姑娘真的傷到底氣了，

才會事事都怪在黑龍頭上，

還好我很乖。

還好還好還好，我很乖我很乖。

姑娘這會兒，比面對公子時還動氣呢！

「人死了就死了——」比先前虛弱的脆脆嗓音重複。

雷剛伸出手，輕點姑娘的唇，不贊同的搖頭。

「見紅不是人，是妖。」

她停了停，雖然改了口，但竟然再說得更刺耳：

「妖死了就死了！」

他從來不曾如此氣恨！

龍嘯湧出口，尖銳破空，雙手恢復成龍爪，惱恨的要往這可恨的女人身上猛劃，切劃成碎片，直到變成看不見的粉末。

「你要對我動手？你想對我對手？」

姑娘纖細的、蒼白的手，握著那塊墨玉，手卻有些抖。

「信不信我現在，就讓你的龍鱗全都粉粉碎碎，從此真的成了泥鰍！」

他衝動的真想一拚，就算玉石俱焚都沒關係，反正現在活著，也是沉溺在夢境中，死了倒是比較乾脆，還可以拉上這個可惡的女人當墊背！

殺了姑娘，木府會怎麼樣？硯城會怎麼樣？他全都不在乎了！

電光火石之間，額上的紅鱗暖燙起來，像是急急的提醒。

紅鯉魚生前，他沒有聽進她的一言半語。如今，紅鯉魚死後，他不能不聽這殘餘的念，留下的一絲勸。

猖狂的怒火，逐漸平息下來。他收回龍爪，恢復成雙手垂落在兩側，不惱怒、不氣恨了，卻也了無生趣，但他知道這條命是紅鯉魚犧牲，才換來的，所以不能死。

姑娘還在說著，聲音愈來愈弱、愈來愈斷續：

「算你識相。但是，罰你這段時間的懈怠，到每個出事的地點去巡視。每到一處，就剝下你身上的一片鱗，埋下來當懲罰，由、由——由信妖、監督——」

黑龍去了這段時間出事的地方。

蘇家的人動也不動，連羊都僵立著，不叫不跳不跑不逃，眼瞳都是全黑。他剝下一塊鱗，埋進土裡去。

之前他收拾烏賊的地方，雖然是間漂亮的房子，現在卻擠了很多人與非人，都是住所被騙走的。他剝下一塊鱗，埋在照壁下。

山麓上的鸚鵡石，旁邊還有間屋子，空空的看不見人影。他剝下一塊鱗，埋在鸚鵡石的下方。

鹽妖開立的酒店，已經空無一人。他剝下一塊鱗，埋在破落的樓房角落。

方毅家中，有許多碎散的紅鱗，都是蛇鱗，裡面有笑聲，也有哭聲。他繞了一圈，無心多管閒事，紅蛇為愛發狂，他也陷溺在思念中，各有各的痛苦，一時之間有些理解。他剝下一塊鱗，埋在方家門前。

至於滿城亂竄的邪風、滿城飄散的紅鱗、滿城流傳的疫病，他就一處一處的去剝鱗，再埋下。

信妖在一旁看著，急著嚷嚷：

「太多了太多了，笨泥鰍，不要埋那麼多，你真要成泥鰍了啊！你瘋了，這樣處處是傷，血都止不住了啦！」

但他不管，先前得回來的鱗片，現在全都剝得沒有了，露出傷口、流下龍血。

本來他最在乎顏面，也以英俊的容顏為傲，從姑娘手中得回鱗片，最先就貼覆到臉上，剛開始時，鱗片不夠，只能貼覆一半，他還做了個精緻的銀面具，遮掩裸露的另一半張臉。

現在想想，實在很愚蠢、自私。那時心裡只想著自個兒，要恢復容貌、恢復能力、恢復自由，卻忽略了一直守在身旁，盡心盡力奉獻一切，痴情的紅鯉魚。

如今，鱗片都沒有了，他只留著額上那塊紅鱗。

沒有了龍鱗，他還是龍。

一條悔不當初、心心念念著夢魂中身影的龍。

埋完鱗片後，他回到黑龍潭旁，沉浸入幽冷的潭水中，再度閉眼作起夢來。

夢中，才有他的紅鯉魚。

他的見紅。

捌

白鳥

有個叫商君的年輕男人，住在雪山山麓。

他的父親是有名的獵人，每年可以打獵好幾千隻狐狸、水貂。再怎麼狡猾的狐狸，都會落入商父的陷阱，或者被射獵。

獵來的狐狸，皆由商母去殺，必須當天就宰殺，俐落扭斷頸子，再從腳部慢慢往上仔細剝下皮毛，一寸寸很小心，不能有一絲破損，一旦破了價格就不好。剝去皮毛後的狐狸或水貂，再去除內臟，下鍋煮成湯，夫妻都這樣吃，知道很滋補，利用得很徹底。

商家剝的皮毛，豐潤柔軟、毛鋒細密、光澤迷人，到硯城裡賣，每每都有很好的價格，連鄰近城鎮的貨商，也會先付出許多銀兩，預定商家的皮毛。商家於是變得相當富有，在硯城的四方街附近，購置了很多房子。

但是，儘管愈來愈富有，商母卻一直沒有懷孕。

商父東西奔走，不論再貴重的藥材、再難得的藥方，全都不惜重金買來。但努力許久，夫妻二人都年過四十了，還是沒有孩子。

實在很想要有孩子的商母，於是去木府前跪下，日夜不分的懇求了許久。

木府的主人，就是硯城的主人。

木府的主人通常都很年輕，男的稱公子，女的則稱姑娘。硯城內外要是遇上難解的事，只要來求木府的主人，沒有不能解決的。

雖然她很誠懇，還帶上最好的貂皮當禮物，然而跪了好幾天，公子都沒有理會。倒是夫人知道了，很不忍心的求情，公子才召商母進木府。

容貌俊逸非凡的公子，穿著一身泛著光華的白衣，冷冷說道：

「妳害得夫人擔憂，實在罪該萬死！」

商母聽著，覺得自己那瞬間就要死了，完全無法呼吸。她終於懂得，當初在她手下被殺的狐狸與水貂們，被折斷頸子的感受。

好在是柳眉彎彎、肌膚柔潤如玉、雙眸像美夢的夫人，走上前去，一手輕撫公子的胸膛，輕聲說：

「你別生氣，這樣會嚇壞她。」

夫人很溫柔。

「她想要孩子，所以很努力，你要體恤她，就像體恤我。」

最驕傲、最冷淡的公子，只有對夫人深情，呵護著疼寵，這才平息怒氣，說了一聲：

「好。」

這字的聲音聽入耳，商母就恢復了，能夠呼吸自如，沒有一點的不舒服，剛剛的窒息感像是不曾存在過。

「妳跟丈夫殺生太多，所以才沒有孩子。」

公子淡淡的說，用最珍惜的姿態，牽握著夫人的手。

「要停止殺生，把賺的錢財都還給狐狸與水貂，這樣才能懷孕。」

商母頻頻磕頭致謝，恭敬的送上貂皮，要讓夫人做冬季的衣裳，穿著就不會受寒受凍。

「有我在，冬風不敢凍著她！」公子的臉色又變了。

是夫人再度替她解圍。

「有丈夫的保護，我從此就不會冷，所以用不到皮毛。」

夫人拿起貂毛，珍惜的撫摸著：

「這皮毛好軟好美，活著的時候，應該更好看吧！」

公子於是笑了。

「這有什麼難呢？」

他舉起溫潤如玉一般的手，打了個響指，說：

「活。」

皮毛們砰的脹大，被吃掉的肉、丟棄的內臟與骨爪，轉眼就通通恢復，變成好幾隻活生生的水貂們，毛蓬蓬的窩在夫人腳下，乖馴的磨蹭討好。

夫人很驚喜，蹲下來跟水貂們玩耍。公子面帶微笑，看都不看商母一眼，食指輕輕一揮，商母就被推移到木府的石牌坊外，過了一會兒才回過神來，連忙奔回家，跟丈夫說這件事。

於是，夫妻二人從此不再殺生，把得來的房產財富都變賣，用來守護山裡的動物們，要是看到別的獵人，捕抓了獵物，就花費銀兩去買下，然後放生回山野。

這樣把銀兩都花費盡了，夫妻住在雪山山麓的老家，終於有了孩子，生下來很健康，是個眉目清秀的兒子。兩人都很高興，希望兒子能當個君子，是以取名為商君。

商君從小就有善心，很疼愛山林裡的動物，奇妙的是動物們也不怕他。他父母不在的時候，總有動物會進到他家，蹲坐在他身邊，靜靜的陪伴著。

幼兒時，他有一次跌下床，好幾隻狐狸就在一旁，奔上去用身體當鋪墊，才沒讓他摔到地上，連一根頭髮絲都沒傷著。

比較大的時候，他夏季時貪涼，跑去玩水，卻陷在深潭泥中，差點要溺水時，有隻大烏龜用厚殼馱起他，帶著他回到岸上。

諸如此類的事情，不知道發生過多少回，硯城內外的人與非人，都說他有動物護佑。

他長大後容貌相當俊美，據說還跟公子有一點點的神似，名聲傳得很遠，很多人與非人們都來求親，但是他都沒興趣，醉心於跟動物相處，人與非人們於是紛紛放棄，說他是個痴子。

後來，商父商母陸續過世，他只剩孤身一人。

家裡很貧窮，他倒也不以為苦，每天就在山林間，尋找需要幫助的動物；平時則撿拾乾枯的木柴，下山去賣給商家，溫飽倒也不成問題。

去年冬天，公子成魔後歸來，襲擊現在的木府主人姑娘，引起雪山震動，許多動物受到波及，也負傷或是死去。

商君是受恩於公子，才能夠出生的，他從小就聽父母說，一定要感激公子，不可以忘記恩情。

他一直銘記在心，對公子很敬重。

但是，看見公子入魔，為了奪回夫人，不惜牽連這麼多動物，讓動物們平白無故的死去，他相當心痛，好多個晚上都睡不著。

姑娘來的這幾年，就連植物們都不受傷害，更別說是人與非人了。

以前，公子施恩於他。

現在，姑娘贏得他的敬重。

即使天寒地凍，商君也不敢休息，來回巡看山麓之間，為受傷的動物治療、為死去的動物做墳，好不容易才處理妥當。

到了小年夜那天，大雪積得有大腿那麼高，他還出來巡看，確定沒有動物需要幫助，便順手撿了許多木材，要下山去換些食物跟衣裳，一個人過年也要舒適周到。

正要下山的時候，商君卻聽見動靜。

那是鳥類的哭啼，聲音很小，但是他沒有漏聽。

循著聲音找去，他終於在山麓上，看見一隻羽色雪白的鳥，細細的鳥爪誤踏進細密的乾枯木枝中，掙扎著撲騰雙翅，一直試圖掙脫。

商君卸下背上的木材，小心翼翼的靠到白鳥身旁。

「噓，別動別動，讓我來幫你。」

他的聲音很溫柔，輕輕的哄著。

漸漸的，白鳥冷靜下來，歪著頭用烏黑的眼睛看他。

「看，你掙扎得都流血了。」

商君伸出手，仔細撥開樹枝，把白鳥捧進懷裡。

「你等等，我幫你止血。」

他拿出懷裡的手絹，輕輕的圈在鳥爪的傷口上。

「我稍微用力，會有一點點痛，你要忍忍，這樣才能止血。」他說得很仔細。

白鳥也有靈性，沒有再掙扎，即使手絹按在傷口上，真的引起疼痛，也只是輕輕啼了一聲。

「你應該渴了吧？」

商君說著，轉移白鳥的注意力，才不會讓牠感覺太痛。他從懷裡取出水壺，咬掉布塞，含著一口水，低頭湊到白鳥的頭旁。

白鳥一瞬也不瞬的看著他，過了一會兒，才靠上前去，啄飲他口中的水，尖喙沒有弄傷他，甚至沒有碰著他，優雅得像是大家閨秀，慢慢把水都喝盡了，才移開頭，對他點了點。

「不用謝，這是我該做的。」

商君很高興，拿開手絹，看見鳥爪的傷口不再流血。

「太好了，再敷些藥。」

他鬆開手，在懷裡掏找出隨身的藥，白鳥也沒有飛走。

挖取藥膏、仔細塗抹傷口後，他抱起白鳥。

「現在天寒地凍，怕你沒有地方可去，就先到我家養傷吧，」

他拉開衣服，把白鳥護衛在懷中，用體溫去暖著，然後就要走回家。

白鳥啼叫了一聲。

「那些木柴？」

他笑道：

「算了，別去管，你才是最重要的。」

他一邊說著，貼敷感受到白鳥的心跳噗噗噗跳得很急。

「反正要過年了，你就陪我過年，也好熱鬧點。」

那幾天裡，他就留在家中，替白鳥養傷。

吃飯的時候，商君自己有一份，也替白鳥做一份；聊天說話，白鳥偶爾啼叫，一說一啼的，就像是真的對話，彼此都能瞭解，相處得十分愉快。

除夕那晚，商君拿出一甕獼猴送來的酒，是用桃子釀的，味道很芬芳。他在桌上放了兩個杯子，一個放在自己面前，一個放在白鳥的座位前，都斟了酒。

他喝得盡興，白鳥只是偶爾啄飲。

深夜時，他已經醉得睡去。外頭下起大雪，他起先覺得冷，想起身穿衣裳，卻又醉得起不來。

朦朧之間，一陣輕盈的暖意覆蓋，他頓時不會冷了，身體很溫暖舒適，感覺到有肌膚貼近，傳來噗噗噗很急的心跳。

大醉醒來，已經是大年初一的早上，白鳥就靠在他胸膛上，也睡得很沉。

又過了十幾天，白鳥的傷都好了，商君於是帶著牠到雲杉坪去。

起先，白鳥還不肯飛。他勸哄說，鳥就該在天上遨翔，不能被困在地上，白鳥隨即落下淚來，終於展翅飛起，還在他頭上盤旋了許多圈，啼叫著告別，最後才飛得看不見。

商君回到家中，屋裡沒有白鳥，覺得很冷清。

他一個人習慣了，但是跟白鳥相處一陣子，才知道有陪伴是那麼快樂，失去陪伴如此空虛。

「原來，這就是寂寞。」

他這麼自言自語，嘆了一口氣。

春天到了。

起先還好好的，花木逢春都生長得好，動物們也恣意奔跑追逐，人與非人紛紛忙碌起來。硯城內外都惦念著木府裡養傷的姑娘，祈求她能快快恢復，別再受病痛折磨。

之後，有許多人與非人的房產被騙走，搬來許多陌生的人與非人，硯城內外變得很擠，商君也覺得不習慣，不過對新來的住客都很禮貌。

他到四方街廣場去，販售木柴的時候，聽到有鳥妖勾引蔡家的媳婦，後來被信妖收拾，墜落到山麓上死去，化成一塊巨石。

他很是擔心，特地跑去山麓觀看，還問了住在一旁新搭成的草屋裡，髮上簪著淡紫色羽毛的女子，確認鳥妖是鸚鵡，才放心離去。

某天卻有很詭異的風吹來，撒落片片紅鱗。

很多原先就住在這兒的人與非人，就這麼都病了。有消息傳出木府，據說姑娘也病得很重，人與非人就病得更厲害。人心惶惶、鬼心慌慌。

連商君也病了。

他倒在木屋的床上，身體忽冷忽熱，神智忽醒忽昏，喝不到一口水，吃不到一口食物，病得就快要死去。

在他病得最重的那天傍晚，木屋的門咿呀一聲，被從外頭推開。一個穿著素雅白衣的年輕男人，走進屋子裡來，走到床邊坐下，伸手摸了摸商君的額頭，很是關懷的說道：

「唉，沒想到你會病成這樣。」

男人用衣袖揮了揮，把覆蓋在商君身上的紅鱗都揮開，拿到屋外去丟棄。然後，他出門，用布揣著一個包裹回來，保護得很緊密，到廚房去生火烹煮。

原本病得快死去的商君，聞到廚房裡傳來的氣味，肚子就咕嚕咕嚕作響，口水也不受控制的流下，竟覺得病好了一些。

等到煮好之後，男人裝了一碗來，一口口餵著他吃下，滋味很甘美，比牛肝菌好吃不知道多少倍。他吃完了三碗，還想要繼續吃，男人卻阻止。

「你還病著，這東西雖然滋養，但是你不能一下子吃太多。」

「可、可是——」商君很急。

「別擔心，之後要吃都還有，不會缺的。」

男人說，撫平著他的胸口，神態無比溫和。

「你是誰？」商君很困惑，確定沒有見過這個人。

男人遲疑了一會兒，才說：

「我是凌霄。」

商君沒有聽過這個名字，對凌霄卻覺得很是親切，跟他相處一室非常自在，像是先前就相處過似的。

因為很放鬆，吃飽後他就睡去，醒來後出了一身大汗，身旁看不到人，以為是在作夢，但肚子是飽的，不餓也不渴了。

晚上的時候，凌霄再度出現，同樣無微不至的照料他。在他睡著後，也不知是什麼時候離去的，只知道白天時都不見人影。

不過，就跟先前承諾的一樣，每晚都有那滋補的食物，煮成一鍋醬紅色，很是濃稠，嚼起來滋味像牛肝菌，卻沒有菌類的咬勁，一咬下去，牙齒便像是被吸住般，鮮活嫩脆的口感，在舌上很滑順，吞進胃裡就暖暖的。

那都是凌霄每晚，揣在懷裡帶回來的，當天就現煮。

商君的病很快就痊癒，身體甚至比以前健壯，又能在山林間走動。

倒是去硯城裡賣柴火的時候，他不議論價錢，只要有人出價就賣，一心要拿銀兩，趕回山麓上的木屋裡去，等待晚上迎接凌霄。

這樣幾次下來，便被精明的店家看破心思，給的價格故意愈來愈低。商君倒也不去計較，只想著快快回家。

凌霄知道這件事情，非常心疼，卻又無可奈何，跟商君說：

「這麼下去，日子就不能過了。」

說完，他跟商君牽手去山林裡，指著某些枯木，要商君撿起來。

這樣撿回很多粗細不一的木頭後，就見凌霄用斧頭跟刀，在屋子裡做了一架紡織機，又在紡織機前，用好幾塊厚木拼成，立起來當作屏風，完全擋住紡織機。

「現在，我要來織布，請答應我，不能偷看。」凌霄這麼要求。

商君有些為難，說道：

「但是，看不到你的容貌，我就會捨不得。」

「真是傻。」

凌霄笑著：

「聽著我織布，就知道是共處一室，哪裡需要捨不得呢？」

見商君還是沒有答應，凌霄繼續遊說：

「這是為了往後著想。你要想著，往後我們在一起的日子還很長，現在就先忍耐些，好嗎？」

商君聽到凌霄提到往後，顯得相當高興，而且代表凌霄能留在木屋裡的時間也會變長，這才同意的點了點頭。

「請答應我，不能偷看。」他很慎重。

凌霄再說了一次。

商君點頭。

「好。」

凌霄再強調。

「絕對不能偷看。」

「好。」商君承諾。

於是，凌霄就走到屏風後，傳出唧唧復唧唧的機杼聲。商君守在屏風外，好幾次想去探看，但是想到承諾，只得硬生生忍下衝動，沒有上前去。

當晚凌霄就留在屋裡，到了白天也沒有離去。

但是，這段時間裡，無論商君如何揚聲問話，凌霄都沒有回答。

他怕凌霄肚子餓，或是口渴了，想要他停歇織布，出來飲食，卻也不敢打擾，就這麼焦急煎熬著。

三天三夜之後，凌霄終於從屏風後走出來，手裡拿著一匹美麗萬分的布，模樣有些憔悴。

「你這些天不吃不喝，我也不能吃喝，擔心得都不能睡。」

商君說道，連忙進廚房裡，把先前凌霄替他準備好、餐餐都能吃的食物，熱好端到桌上。

「來，你肯定餓了，快點吃些你說過很滋養的食物。我吃這種食物，病得再重都好了，你吃了肯定也能身體強健。」

他舀了一匙，湊到凌霄的嘴邊：

「快，趁熱吃。」

凌霄顯得有些虛弱，卻露出笑容，很是感動。

「這東西得來不易，份量又少，只夠讓你吃，還是你吃吧！」

他推卻著不肯吃，接過湯匙，反倒來餵商君。

因為放置得比較久，吃來沒有鮮嫩滋味，熱過還有鐵鏽味的食物，讓他嚥下得有點困難，幾乎有些想嘔出。但看著凌霄的神情，他硬是忍耐著吞進肚子裡。這次胃裡沒有暖意，反而有些發冷。

「那麼，你要吃什麼呢？」商君問道。

「我先喝點水就好。」

凌霄把布匹交出來，仔細吩咐著：

「你把這匹布拿去賣。記得，這是我的心血，就連姑娘都會稀罕這匹布，千萬不能賣低價。然後，幫我買些好的堅果回來。」

「好，我這就去！」

商君拿著布匹，小心翼翼的護在懷裡，往硯城的四方街廣場跑去。

鋪著五色彩石的四方街廣場，依舊熙來攘往。雖然很多熟悉的人與非人不見了，但是陌生的人與非人，接管了店家與住家，照樣經商營生，商店裡都擠滿客人。

很快的，就有人上前來看貨，那人是商君熟識的，居住在硯城很多代了，家裡非常富有，為人卻很刻薄，出了很低的價錢。見商君不肯賣，就恨恨的說：

「哼，不賣就不賣，看誰會來買你這個痴子的破布！」

另一人走過，是陌生的臉孔，態度卻非常和善誠懇，禮貌的先問，可不可以細看這匹布，研究了一會兒後，露出非常驚訝的表情，說道：

「這是鳥類羽毛織成的布，雖然我曾經看過，但從來沒有見過這麼好的，請你千萬要賣給我。」

那人開了不可思議的高價，一再請求，願意再開更高的價錢買布。

商君被感動，於是答應賣出。因為價格太高，用銀兩會太沉重，搬也搬不回去，所以換成黃金，他這才能攜帶，但放在口袋裡還是很沉重。

「如果以後還有這樣的布，請你千萬要再賣給我。」那人很誠懇的說道。

「好的。」

商君同意：

「但是，不知道要去哪裡找你？」

「我的店鋪就在四方街廣場那頭，才新開張幾天，是賣糧食的。你來店裡找的時候，說是找翁掌櫃就好。」

商君聽了，很驚喜的問：

「那麼，請問您店裡有賣好的堅果嗎？」

「當然有，找遍全硯城，肯定沒有比我店裡更好的堅果，就連木府的左手香，用的也是我家的堅果。」翁掌櫃很驕傲。

「那太好了，我就要買堅果。」

「到我店裡拿吧，要多少都拿走。」翁掌櫃說道。

商君跟著那人，走到剛裝潢完畢的三房一照壁店鋪。門上匾額繫著紅絹花，門兩旁還擺著鮮花的新店鋪，店裡果然有很多好堅果，例如：核桃、松子、花生、瓜子、腰果等等，品項都是最好的。

翁掌櫃又親自挑選，挑出半麻袋的頂尖堅果，送給商君，堅持不肯收錢，說只要下次有布，商君願意再賣給他，就足足抵得過堅果的錢。

商君帶著黃金、背著堅果回到家，看不見凌霄的身影，知道他肯定又出門去了。

商君耐心等著天黑，卻過了凌霄原來每趟來的時間，天愈來愈黑，商君愈來愈擔心。

到了快午夜的時候，凌霄才出現，疲累的走進屋子裡。

他連忙送上堅果。只見凌霄吃了又吃、吃了又吃，雖然很飢餓，但姿態還是很優雅，吃下許多之後，才緩過氣來。

商君拿出黃金，又說出在四方街廣場的經歷。

「這是一位好客人，而且堅果的確是最好的。」

凌霄說道，把黃金推回去：

「你把黃金存好。現在，我再去織布。」

「這樣你太辛苦了。」商君捨不得。

「不會，這是為了我們。」

凌霄很堅持，看著他的眼睛，態度依舊慎重。

「請答應我，不能偷看。」

「好。」

凌霄再強調：

「絕對不能偷看。」

「好。」商君再次承諾。

凌霄走到屏風後，唧唧的織布聲再度響起，迴盪在屋子裡。商君把被褥抱到屏風前，想在睡眠時也靠得近一些，但是想著凌霄忙碌沒睡，他便睡不著，只能聽著織布聲響了又響。

又過去三天三夜，織布聲才停。凌霄走出屏風，交給他一匹布，要他拿去四方街廣場賣給翁掌櫃，再換取黃金跟堅果。

他帶著新織好的布，很快跑到翁掌櫃的店鋪裡。

翁掌櫃很高興，拿出比先前更多的黃金，挑出比先前更多的堅果，交換新的布匹，又取出珍藏的上一匹布比較。

「這次顏色較為粉紅了一些，但不放一起也看不出來，這顏色更好！下次要是還有的話，也請再賣給我。」

商君點頭同意，婉拒了好酒好菜，急忙趕回家裡去。

當晚，凌霄到了四更天才出現，同樣又是先吃了很多堅果，才有力氣開口說話：

「一吃就知道，是翁掌櫃店裡的堅果，這滋味很難忘記。」

他問道：

「這次價錢也一樣高嗎？」

「更高。」商君拿出黃金。

「啊，這位翁掌櫃真的是我的知音人。」

他很高興，精神振奮起來。

「我現在就再去織新的布。請答應我，不能偷看。」

知道阻止不了，商君只能同意。

「好。」

凌霄再強調：

「絕對不能偷看。」

「好。」商君第三次承諾。

當晚，躺在屏風前的被褥裡，他聽著織布聲。

唧唧——唧唧——

他想著凌霄的手指，如何握著梭子，在織布機上遊走。

唧唧——唧唧——

聽著想著、想著聽著，他突然覺得身體火燙起來，於是又沒睡著，還得去用冰冷的泉水沐浴，才能冷靜下來。

又是三天三夜後，凌霄走出屏風，把布匹交給他，同樣要他去換取黃金跟堅果。看到他再度出現，翁掌櫃驚喜萬分，也不管別的客人在，立刻把他迎接到店的後方，在華麗的屋子裡接待，拿出更多的黃金，也把珍藏的先前兩匹布都拿出來。

「這次的布，比上次又更粉紅了些，這顏色更好！要是下次還有，請也務必賣給我，這樣就能做一件鶴氅，獻給硯城最尊貴的主人，我的光榮幾輩子都不會褪失。」

翁掌櫃拿出更多堅果，讓他帶回去，再度禮貌的懇請，留他一起吃飯，但還是被他婉拒，只能目送他離開。

商君想跟先前兩次一樣，快點回到家裡。無奈黃金跟堅果實在太重了，他走幾步就要停下來休息，所以耗了好一會兒的時間，仍舊在四方街廣場裡走著，還被先前那個要買布，卻開很低價錢的人罵。

「笨痴子，扛這麼重的東西，要去跳黑龍潭、讓黑龍給吃了嗎？別擋路！看著就煩！」

商君也不管，耐心拖著黃金與堅果，走幾步，就停幾步，喘了喘再走。

但是，因為走得緩慢，他於是被一把鏗鏘有力的嗓音吸引，原來是個說書的，正在講故事。很多人都停下來，仔細聽著說書人模擬各種情境與角色，說得活靈活現的聲音。

那個故事是「白鶴報恩」。

很久以前，有男人救了白鶴，後來白鶴變成女子，與男人結為夫妻，吩咐男人不要偷看，在房裡花費三天三夜紡織出一匹布。

「唧唧唧唧——唧唧唧唧——」說書人模仿的織布聲，跟真的沒有兩樣。

布賣了很高的價錢，男人家裡變得富有。女子又再去織布，一次比一次燦爛奪目，價格也愈來愈高。

到了第三次，男人終於忍不住，打開房門偷看，發現妻子原來是白鶴，用尖尖的喙拔羽毛織布，大部分的羽毛都被拔下了。因為被發現是鶴，不是人，所以不能留下來，就變回白鶴飛走了。

商君聽著這個故事，站在原地駐足了很久。

回到家之後，凌霄還是不見蹤影。

商君等了又等，過了午夜、過了四更，天亮了，凌霄還是沒有出現。到隔天夜裡，木屋的門才又被推開。

凌霄來了，模樣果然比先前憔悴不知多少倍，衣裳下的身體也瘦得像是沒有肉似的，吃了堅果後，又問布賣得如何，聽到黃金多了，更是高興，即刻就站起來。

「那麼，我現在再去織布，要是做成的鶺鴒，能送給姑娘穿，你我以後就不用發愁了。」

他看著商君的眼睛，認真慎重的交代：

「請答應我，不能偷看。」

商君同意。

「好。」

凌霄再強調：

「絕對不能偷看。」

「好。」

於是，織布聲再度響起。

唧唧——

唧唧——

唧唧——

唧唧——

屏風外的商君耳中聽著，心中想著聽來的故事，白鶴如何用喙取下羽毛，編織成布。

然後，他下定決心，推開那塊屏風。

織布機前的不是白鶴，而是他去年冬天救的白鳥。雖然是白的，卻是一隻鴉，不知道什麼緣故，所有羽毛都是白的，跟同類都不同。

一如說書人說的，大部分羽毛都被拔下了，皮上裸露出傷口，所以織出的布混入血，才一次比一次粉紅。

白鴉哀啼著，翻滾在地上，變成淩霄的模樣，用雙手遮掩受傷的身體，哭泣的說道：

「你為什麼要偷看？為什麼？」

「我不是偷看。」

商君走過去，抱起凌霄的身體，愛憐的撫摸著：

「我只是要告訴你，不論你是什麼，是白鶴，還是白鴉，人或非人，我都愛你，從此都要跟你在一起。」他堅定的說。

凌霄放鬆下來，依偎在他懷中，

「我知道你不是負心的人。但是，我有我的苦衷，就怕會阻礙我們的將來。」他的心跳噗噗噗的，跳得很急。

「沒有什麼能夠阻礙我們！」商君很堅定。

凌霄卻依舊苦惱，靠在他胸口前說得小小聲：

「北方人喜歡鴉，而厭惡鵲鳥；南方人卻喜歡鵲鳥，而厭惡鴉。我走投無路，被誘惑來到硯城，按照吩咐辦事，等時候到了，就能分食天地間最滋補的食物。」

商君立刻醒悟過來，緊緊抱住凌霄，神色變得很嚴峻。

「難道，是公子要你這麼做的？」

「不，不是公子，公子受了重傷還在休養。」

凌霄愈說愈小聲，到最後只有嘴唇在商君的胸膛上開闔，是他們之間最親密的接觸。

「是另外一個人。那個人拿取了無數人的器官，起初是鹽妖開客棧，有很多人的器官可以挑選，但是後來鹽妖被信妖收了，於是只能偷偷拿取。

那人有奇妙的本事，拿取人的內臟，既不會留下傷痕，也不會流血，很多男人因此沒有發現，能活著幾天、幾月，也不會知道。

因為跟公子有協議，那人於是把最滋補的新鮮男人肝臟，交給我一次又一次的飛翔，叼到公子藏匿的地方。

但是，風邪作亂，疫病叢生，連你都病倒了。我於心不忍，偷偷拿一部分的肝臟，煮來給你吃。」

商君這才知道，之前吃下的，竟然是人類男子的肝臟，他還以為是更珍貴稀有、沒有人曾經吃過的、類似牛肝菌的菇類。結果不是牛肝菌，更不是牛肝，而是人肝。

「事到如今，我們只能求姑娘！」他下了決定。

凌霄卻更是驚慌，連連搖頭。

「不行，那人在姑娘身邊。」

他深吸一口氣，說道：

「那個人就是——」

轟隆！

木屋突然被掀開，屋瓦都碎了，一隻魔化的巨大利爪出現在半空中，空中傳來雷鳴似的男人聲音。

「鴉，我聞得到你！」

兩人很是驚慌，蜷縮緊抱在一起，卻聽到男人的聲音再度響起，響徹雪山之下，在硯城內外迴盪著，驚醒所有人與非人。

「你好大的膽子，竟然偷走最好的部分，拿來給這個男人吃。」

那聲音哈哈大笑，魔化的巨大利爪，伸進木屋裡到處翻找。

「沒關係，我吃了這男人，一樣滋補。現在，時間到了，我已經痊癒，木府裡那個礙事的姑娘，就可以讓召喚來的人與非人分食。」

魔爪之後，出現一個俊逸非凡、穿著光華流動衣衫的男子。

「這次，我會再度成為木府的主人、硯城的主人！」

商君這才曉得，凌空出現的竟然是魔化的公子。

公子再度出現，他所受的重傷已經痊癒了！

而姑娘呢？

姑娘還在病著啊！

商君萬般心急，魔爪卻已經戳入他懷中，凌霄慘叫出聲，被戳勾起來，哀啼著變回白鴉，胸膛上的傷口淌出鮮血，一聲聲尖銳的啼叫響起，刺耳得讓聽的人耳朵都要流出血來。

白鴉被魔爪揉了又揉、揉了又揉，剩下的羽毛都飄落，最後魔爪間燃起惡火，白鴉的屍首被燒得一乾二淨。

硯城內外都在劇烈震動，比去年冬季，姑娘與公子交手時更厲害，所有的人與非人，都被捲入這場戰爭。

傷心欲絕的商君，跪在凌亂破敗、連屋頂都被掀走的木屋中，茫然的看著四周。那是他心愛的凌霄，最後剩下的部分。

羽毛。

地上只剩下羽毛，一根根都染著紅膩的鮮血。

商君抱起羽毛，因為心太疼痛，反倒雙目發乾，流不出一滴淚。

「我愛你，從此都要在一起。我的誓言仍舊有效。」

他對羽毛低語，而後抬起頭來，朝虐殺愛人的公子說道：

「我的命是你給的，現在，就再還給你！」

他站起身來，往魔爪重重撞了上去，因為死意堅決，立刻撞破頭死去，滑落的身軀上裹著紅色羽毛。

公子用魔爪抓起商君屍首，連羽毛一同放進口中咀嚼。受到肝臟最精華處滋養，吃來格外不同，況且血肉還溫熱，跟活著沒兩樣，實在太美味。有幾滴血落在地上。

吞嚥商君後，力量源源不絕的湧出。

「雲英，我來了！」公子發出狂嘯，往木府飛去。

破敗凌亂的雪山山麓，剩下染血殘羽，有凌霄的血，也有商君的血，兩種血溶在一起，再也不分彼此。

玖

不治

億萬年的雪山下，有一座城。

城的形狀像是一塊硯，所以稱為硯城。

城裡景色優美、花木茂盛，家家戶戶前都流淌清澈的水。城裡住著人，以及非人，還有精怪與妖物，彼此相處還算融洽，維持著巧妙的平衡。

硯城中有座木府，府內亭台樓閣無不精緻絕美，因為有一棟棟的樓、一處處院落，連鑰匙都多得能擺滿一棟高樓。

木府裡很安靜，平時有灰衣人走動，灑掃、煮水、倒茶、護衛等等。

春季的第一天，陽光露臉。

昨晚下了一場雪，硯城內外積雪很厚，唯獨木府裡沒有一片雪花飄進。

一個纖細美麗的女子身影，坐在庭院的精緻圈椅中，正以一枚牛角梳，慢條斯理的梳著剛洗好的長髮。

長長的頭髮很美，是用煮熱的清澈泉水洗的，洗好後包上乾燥的厚厚棉布巾，輕輕的拍打到乾，最最切忌用力搓揉，那會壞了髮質。然後，再沾山茶花的油，耐心的一次又一次，把長髮梳乾。

直到每根髮絲，都有如真絲般，泛著美麗的光澤時，纖細的女子才把牛角梳，擱在一旁的桌上。

她穿著一件素白的綢衣，做任何動作都很方便。彎起膝蓋，把赤裸的雙足收到圈椅上，她坐得更深，閉起雙眸，長長的睫因為日光，在臉上印著小扇似的暗影，更顯得肌膚白皙，透明得像是可以看到裡面細細的血管。

臉兒靠在膝蓋上，長髮散落著，被日光曬得漸漸暖了。

無聲無息的，有高大的男人慢慢走近，端來薄如蟬翼、輕如綢紗、潤白如玉的薄胎一套三件的蓋碗，碗裡泡著茶葉。

他來到圈椅旁，先把茶碗擱下，然後伸手把她抱起，再自己坐入圈椅，讓她躺臥在胸膛上，那處最靠近心臟的位置。

粗糙的大手端起茶碗，送到她的臉兒旁，讓她先聞聞茶香。

「這味道如何？」

她仍舊閉著眼，嚶的回應了一聲：

「是滇紅金芽。」

她僅僅是聞，就能聞出是什麼茶，而且不只如此。

「這是大前年春季時採摘的。我認識這棵茶樹，它已經一千三百多歲了。」

「喔？」

男人有些訝異，但想了一會兒，訝異的神色就消失了，覺得這很理所當然。

「是怎麼樣的一棵茶樹？」

「很強壯。」

「比我強壯？」男人問。

「嗯，比你強壯。」

「妳這麼說，我可要嫉妒了。」

「不要嫉妒。」

她的手滑上他的胸膛，輕輕撫摸著，掌心下的心跳，回應的鼓動著。

「我只是認識那棵茶樹，它很無趣，只想著怎麼長高長壯，而你卻是我心愛的人。」

「而且，我心裡想的都是妳。」男人還補充。

女人這才睜開眼睛，仰起臉兒來，靜靜的看著他一會兒後，輕輕的、很謹慎的問：

「你說的是真的嗎？」

男人點頭。

「是真的。」

「沒有騙我？」

「沒有。」

他很嚴肅：

「我說的話字字都是真的。」

她注視著他，望見他眼裡的真誠，紅唇上慢慢有了笑意，神情如每一個沉浸愛戀、備受寵愛的女人一般嬌美。

「我知道你說的是真話。」她說。

「知道了還問？」男人笑了。

「知道了也還要問，我就是想聽。」

她有點任性，在他懷中依偎得更深。

「就愛你說這些話，聽著就覺得甜、覺得對你的愛都不枉費了。」

「那我日日都跟妳說？」

「好，一言為定。」

「一言為定。」

情人間的私語，甜濃得化不開，教別的人與非人，聽了都要臉紅。

日光下，兩人相擁，享受這靜謐的一刻。

但日光挪移，歲月如梭，誰也無法停住。

「時辰要到了。」男人靠在她耳邊說。

「真討厭。」她小小聲說。

「吃藥可不能誤了時辰。」

她長嘆了一聲，眨了眨雙眸，終於也承認。

「你說的對，吃藥不能誤了時辰，不然藥效就差了。」

看心愛女子有些落寞，他萬分不捨。

「我抱妳過去吧！」他提議。

她想了想，很想答應，但是最後還是搖頭。

「不用了，讓我下來，你陪我走過去就好。」

他又提議：

「還是說，跟以前一樣，讓我來攙著妳？」

「這樣很好。」她笑開了，把手放進他粗糙的掌中。

「好懷念啊。」

他握著她的手，那潤得有如白玉、白裡透紅、掌心軟嫩、五指修長、指甲是淡淡的粉紅色、美得不可思議的手。

「我喜歡這麼握著妳的手。」

「沒有眼睛時，你總是這樣攙著我。」

她望著他，深情無限。這雙難得的好眼睛是她費盡周折，好不容易才到手的。

「但是，有眼睛很好，才能看見你的臉，看得清清楚楚。」

「只要妳覺得好，我什麼事都會幫妳達成。」他衷心說道。

他從少年時就服侍在她身邊。她的手太美麗，輕握、伸指、翻轉、攤放，每個動作都像是十五歲少女的表情般鮮明，耀眼得彷彿在發光。

旁人都愛她的手。但是，他愛的是她的人。

她清麗且纖纖細細，膚色白中透青，長髮黑得近乎墨綠，平時神色很冷。只有他知道，她柔弱、怕痛、受傷會流透明的血，很難痊癒。

硯城內外的人與非人都知道她，敬畏的稱呼她為左手香，說她能活死人藥白骨。但在他眼中，她縱然醫術高超神奇，但實際上就是個需要疼愛的小女人罷了。

想到她肩上的萬千重擔，他不禁嘆息。

如今，他已經到中年了，左手香歷經上一任的木府主人公子，到這一任木府主人姑娘，都掌管藥樓，負責木府主人，也就是硯城主人的用藥，半點都不能輕忽。

去年冬季，姑娘受到魔化的公子撲襲，雖然護住了山藥，沒有被破開封印、釋放抵償的夫人，姑娘卻也受了重傷，於是較少再管硯城內外的事情，以致於硯城內外風波不斷，到現在都沒有平息。

一邊想著，他攙扶著她，一起入了屋裡。裡面比外面涼了一些，身為人的他覺得比較舒服，但知道非人的她需要日光照耀。

屋內布置整潔，到處一塵不染，都是他親手布置的，牆角有大瓷缸盛著清澈的淨水，而臥榻的軟褥上，繡著墨綠色的草葉，折疊得整整齊齊，榻旁還有個精緻的藥櫃，能讓她擺放珍貴的丸散膏丹。

再走出幾重的門，兩人來到一間房中，房中藥味撲鼻，藥櫃高聳得看不到頂端，每個抽屜前都寫著藥名。

左手香在藥櫃前，伸出手朝著一個抽屜一指，抽屜就著迷的滑開，裡面的粉末飛出，落到她面前旋轉，颳成小小的龍捲風，安分的沒有飛出任何一顆細微粉末。

美麗無比的手，又這樣點了幾下，各種藥物就都飛出來，各自成為一捲風。

最後，左手香凌空一抓，只留下在掌心中的藥粉。

另一手再朝藥櫃指去，沒有榮幸被留下的藥粉，很哀傷的各自飛回抽屜，之後抽屜才跟著關上。

「把這些拿去用水煎好，再交給信妖。」她慎重說道。

他從她手中，接過那些藥粉，因為跟在左手香身邊久了，自然一眼就能分辨出其中是用了哪些藥。

「這麼對姑娘，好嗎？」他問。

「對姑娘好，就不能對我們好。」

左手香說道，沒有半點笑意，雙眸中有比鋼鐵更硬的堅持。

「我不擔心姑娘，我只擔心妳。」

他握住左手香的雙手：

「要是讓姑娘知道，妳就會被懲罰，我不能失去妳。」

「我也不能失去你。」

左手香的雙眼，湧出濕潤的淚。

「我原本是要與姑娘合作，掏取健康器官，只保留你的記憶，為你替換全部。為了這雙眼睛，我才答應。但是我看上的人，都讓你傳喚進木府，她卻不肯讓我取。」

想起賣胭脂的劉永，她就覺得可惜。

那麼鮮活溫暖的五臟六腑，能讓她愛的男人，變得更年輕、更健康。

「但是，跟公子合作就恰當嗎？」

他心心念念，都是她的安危。

「公子已經成魔了，比姑娘更危險。」

「我知道。」

左手香笑了，很是淒美：

「公子很危險，不過能制衡他，所以再度跟他合作，暗地裡放出消息，跟外來的人與非人說，只要時候一到，就可以分食天地間最滋補的食物，但最最最滋補的，我會留給你我一起吃。」

他皺起眉頭，低頭望著她，揮不去心中的擔憂。

美麗的手伸來，撫去他額間的結，還撫順了他的血路，貼著皮膚，力量入了骨、透了腦，擔憂的情緒被驅逐，他無憂一身輕，什麼煩惱都沒有了。

「我們以後就能快樂幸福、天長地久。」他說，笑容很燦爛。

左手香也笑了，藏起憂慮。

「是的。」

「我現在就去煎藥。」

他留戀的看了她一眼，才快快離去，因為動作愈是快，就能快些回到她身邊。

左手香目送心愛的男人離開，確定看不見他身影後，笑容才漸漸不見。

背叛姑娘，是一個太危險的選擇。

但是，她沒有選擇了。

再說，不是她對姑娘不好。

是姑娘傷得太重。

姑娘好不了了。

左手香的愛人，名字是吳存。

以前，他少年時進木府、服侍左手香時，她雙眼全盲，什麼事情都需要他幫忙，

卻又恨什麼事情都必須由他幫忙，於是很冷淡的說：

「我不要你存在，但你又偏偏存在，所以你叫無存，以後無存就是你的名字，記著你是不存在的！」

後來，兩人日久生情，她想為他改名，但是名字一旦說了，便等於是咒語，沒辦法改掉，只能替他改了字，改為吳存，從此就這麼定下來。

吳存不在乎名字，但既然左手香在乎，他也就甘願接受，其實怎麼稱呼對他來說都無妨。

不過，既然相愛了，當然也想要能長久一些。

之前，公子還是木府主人時，吳存對公子懷抱敬意，不過因為愛上左手香，她在他心中排名就成了第一，沒有第二。

她跟魔化的公子合作，要替他掏換全部，他接受。

她跟姑娘合作，換取眼睛，他同意。

她趁姑娘重傷，給的藥都沒有功效，甚至有毒性，暗地與同樣受重傷的公子再度合作。他起先很憂慮，但是春季的第一天，她把他腦中的憂慮都驅走，他連擔心的份都沒有了。

所以，左手香要他做什麼，他就很樂意的去了。

姑娘與公子大戰後，結界有破損，公子要左手香放出消息，引來人與非人，許諾要是姑娘病得最重，而公子已經痊癒時，一起參與大戰，占領硯城、占領木府之後，就能分食天地間最滋補之物。

最先從外地來的，是冬為蟲、夏為草的真菌。

菌絲穿過硯城外東的霧海，搭上擺渡人的船，天晴時乘船，不到一刻鐘就能到達彼岸。但要是遇到天陰，便無法判斷需要多久時間。

到達碼頭之後，經過森林，再經過草原。菌絲很緩慢，卻很有耐心，慢慢的轉移，一次尋找一個宿主，住在硯城以北，養羊賣羊的蘇家，從蘇父開始，一個個被菌絲侵占，最後連羊群也無一倖免。

吳存去看過，菌絲們很活躍，甚至已經進了硯城，躲在土裡蓄勢待發。

壞心腸的人與非人多得很，何況烏賊一肚子黑水。

聽到有最滋補的食物能分食，黑瑩自願獻出墨膽的汁，按照吩咐做起了仲介生意，起先表現得很殷勤有禮，等到把房產與土地都騙到手了，就讓更多外來的人與非人搬入硯城。

這些外來的人與非人們，多半不知道公子的盤算，只知道能住進硯城，就是莫大的福氣，加上這樣的房價與地價，比起外頭根本便宜到不像話，跟白送的一樣，便樂呵呵的搬進來了。

但黑瑩太囂張，事情鬧得太大，連油菜花們都看不過去，說給了姑娘聽，於是姑娘指派信妖，要黑龍去處置。

陷溺在悲傷中的黑龍，順著水渠流動，游到黑瑩侵占的一間大屋下，用龍爪破開一個洞，把黑瑩戳勾在爪上，扯掉那漆黑的墨囊，讓她再也不能作惡。

再而有外地來的鸚鵡，本來不想參與這件事，但是姑娘派出信妖，壞了鸚鵡跟蔡家媳婦小婉之間的情事。儘管鸚鵡已經死了，然而在春季時，重傷已經痊癒一些的公子，化身黑影偷偷在山間遊走，來到鸚鵡化成的巨石上，無聲勸誘。

公子說，魔化的力量很強大，也比較快，只要鸚鵡答應，在時候到了的那日，也參與作亂的話，就讓鸚鵡復活，只要復活了，就能再跟被蔡家休妻的小婉在一起。

公子說，要是不答應，便毀掉巨石，讓鸚鵡魂飛魄散。

迫於小婉的安危，鸚鵡只能答應。

遠山來的鹽妖夫婦，來硯城裡開設酒店，吸引了不少食客，人與非人都有，個個都貪婪大吃，吃到最胖的時候，就由鹽妖負責宰殺，掏去內臟骨骼跟肉與腦，留下最好的器官，由吳存偷偷運送進木府，讓左手香挑選。

至於肝臟的部分，則在酒店後頭，交由一隻白鴉，叼去公子養傷的隱蔽處，讓公子吃了快些痊癒。

而玉匠方毅的妻子珊瑚，因為丈夫異心而發狂，這並沒有在左手香與公子的計算中。

但是他們很慶幸，因為他們算不到，病弱的姑娘，就應該也計算不到這一點。

千年紅蛇的瘋狂，比魔化的力量更深不可測，在硯城中破開一個大洞，方家成了一個捷徑。

起先，公子還想跟珊瑚合作，要左手香讓吳存去談，左手香不肯，公子很不高興，但畢竟還得靠左手香派白鴉來，給他送新鮮的男人肝臟，於是再用暗影來到方家前。

偏偏，瘋狂的紅蛇沒有辦法溝通，只要是男的，不論人與非人，踏進方家就會被她誘惑，再被完全吞噬，連骨頭都不剩，公子於是只能放棄。

風鬼無形，不用擔心被吞噬，順勢從破開的捷徑竄入。

風鬼不在乎跟誰合作，只要能散播疫病，看著人與非人病痛，就非常開心滿意。

既然，公子願意讓它們作亂，它們也樂得照做，稍微給點面子的，就是先不去讓外來的人與非人染病。

因為是穿透方府，連帶會吹起珊瑚的鱗片，貼得硯城裡人與非人們有的多、有的少。

苦於失去紅鯉魚的黑龍，被紅鱗驚醒，以為是紅鯉魚回來了，離開深潭闖進木府裡來。

換作是以前，沒有姑娘的允許，黑龍是闖不進來的。

就連當初信妖作亂，黑龍被騙，以為姑娘寫信跟他道歉，說要歸還他所有的鱗片，就興匆匆的闖進木府，自以為來過許多次，不管灰衣人阻攔，自個兒亂走的到了大廳。

最後姑娘衣袖一揮，黑龍才發現，竟是站在一座門廊上，才剛跨過了一道門檻而已。

但是，這次姑娘的力量在消失，結界就變得無力了。

黑龍闖進大廳，還大發怒火，整座木府都震動。

姑娘虛弱得連顏色都留不住，必須以先前得到的龍鱗當要脅，才能役使黑龍去每個出事的地方，都埋下鱗片，充當是新的結界。

吳存跟在黑龍與信妖後頭，遠遠的看著，信妖一路上聒噪連篇，嘎啦嘎啦的說個不停，黑龍魂不守舍，剝下一塊又一塊的鱗片埋下。

不過，到底埋下的，就只是一片龍鱗，力量非常有限。

他回來後，跟左手香說了所看見的情景。

容顏幽冷的她，深深吸了一口氣，然後重重的吐出，那些氣息都帶著一點兒灰，嘴角顫抖的笑了。

「看來，真的可以放心了，連龍鱗的那點力量都必須挪用，姑娘是真的病入膏肓、無法救治了。」

她的身體因為欣喜而顫抖，伸出雙手來，緊緊抱住吳存。

那夜的歡愛，是他無法忘懷的。

左手香快樂的在他身下哭了出來。

因為太快樂，所以她竟疏忽了，白鴉因為看救命恩人商君病得厲害，便偷取每天送去給公子的新鮮人肝中，最精華的那部分，去煮食給商君吃。他們都沒有發現。是後來白鴉凌霄太貪戀商君，曠職三天三夜的躲起來，啄羽毛織布。這樣足足有三次之多，他們才驚覺。

還好，公子這時已經痊癒了。

看白鴉痴情，左手香原本想饒他一命，放他跟商君恩愛。

但是，公子不肯同意。

痊癒後的公子，根本不管左手香的意見，他連最小的虧欠，都要深深記在魂魄中，自然不願意放過白鴉，出了隱匿的地點後，第一件事情就是去殘殺白鴉，不在乎商君就在現場。

白鴉慘死的哀啼，傳遍了硯城內外。

左手香原本睡在吳存懷裡，卻被哀啼驚醒，全身瑟瑟發抖。

「公子對夫人情深，而凌霄也對商君情深啊，我原本以為，公子能理解情意的寶貴。」

她顫抖得愈來愈厲害。

吳存緊緊抱住她，這麼纖瘦的身子，竟然要承受這麼多擔憂，他恨不得能夠代替她承受。

「或許，公子只是一時狂亂罷了。」他仔細安慰著。

左手香的顫抖還是無法平息。

魔嘯聲響起，驚醒硯城內外所有人與非人。

「時候到了。」吳存說道，把左手香抱得更緊。

「你怕不怕？」她問。

「有妳在，我什麼都不怕。」他堅定的說。

左手香挺起柔弱的背，有情人的支持，她也有了勇氣。早就知道，這不是一條容易的路，會有很多險難，既然走了就不能回頭。

「妳怕不怕？」吳存問，抬起手輕撫著她的臉頰。

左手香搖搖頭。

「我不怕。」

她坐起身來，赤裸的踏在地上，雙眼迸出光亮：

「該怕的是姑娘。」

美麗的雙手開始揮舞，召喚布置好的人與非人，每劃出一次圓，就有十股光芒帶著力量，從她的指尖揮出，漣漪般的圓與圓擴散出去，近的相互碰撞，激出更強大的力量，遠遠的輻射而出。

左手香宣布：

「姑娘，注定要輸了。」

拾

接龍

明明就要入夏了，春天卻驀地冷下來。

前不久還春陽暖暖，這會兒卻變冷了，硯城內外的人與非人們正病得氣息奄奄，遇上這詭異的氣候，更不能適應。

冷。

好冷。

太冷了。

就連呼出的氣，都變成煙霧，這哪裡是春天？竟然比冬季還要冷，連天際都漆黑深濃，彷彿就要下雪。

深夜裡傳來可怕的嘯聲，森冷的白光亮起，人與非人都心驚膽戰，即使想要爬起來探看，卻害怕得手腳無力，只能感覺硯城隆隆隆的震動，然後每塊磚、每塊石都碎裂開來，咕嚕嚕的湧出水。

水不是清澈的，而是黑而黏濁的，一沾上就被黏住，人與非人動彈不得，只能驚叫著。

「我不能動了！」

「夫君，救我。」

「不，你們快逃，不要管我。」

「爹娘，快起來。」

「兒啊，你快逃吧。」

濁黏的水，在城內流淌，藉由水渠散播，再浸潤又浸潤土裡，影響每一個需要土地與水滋養的人與非人，被黑水染汙的愈來愈多，小草、鮮花、灌木、喬木、大樹都開始變黑，牛羊陷溺其中，哀哀鳴哞。

有一股又一股墨綠色的力量，從木府傳播開來。

「是姑娘！姑娘來救我們了！」

「但是，姑娘病重啊！」

「姑娘痊癒了?」

「真的嗎?」

人與非人深深期盼,全都屏住氣息,遠遠的望著木府。

他們失望了。

墨綠色的力量,催動存有惡意的人與非人開始行動。他們籌備已久,在暗中偷偷的偷偷的蠢動蟄伏,為的就是等待這個時候。

時候到了。

終於啊,時候到了。

靜待在山麓上的幾個黑影,已經站在原地,有的是好幾天,有的是好幾旬,有的是好幾個月的,人形與動物模樣,雙眼都漆黑無神,開始搖擺的往山上攀爬。

他們來到懸崖邊,頸項下垂,漆黑的眼裡映著陷溺黑水的硯城。然後——爆炸。

砰!

無數的孢子爆出,飛揚在天際,隨著邪風吹送,撒落再撒落。

同時，許多久久站立在街道上、房屋裡，水泉裡，以及最隱蔽處，被真菌寄生的外來人與非人們，也受到同伴感應，一齊爆裂開來。

孢子飛散，讓病得重的人更痛苦，沒有病的也倒下了。

風鬼們鼓起雙頰，呼呼呼的吹得風嘯刺耳，它們歡騰的笑著，把孢子送往原本就住在硯城裡的人與非人，痛苦的慘叫為它們助興，奔騰得更得意暢快。

「時候到了。」風鬼們太開心了。

容貌俊逸如仙、實則為魔的公子，白色的衣衫飄動，凌空往下俯視著整座硯城，嘴角噙著笑意，看著人與非人們受苦。

他的魔力回來了，更強大的影響著整座硯城，透過自己跟左手香布下的每顆棋子，在這時一起發動猛攻。

「時候到了。」

他長長的衣袖一拋。

黑色的惡力飛出，撞擊山麓上，鸚鵡化成的巨石。

轟啦！

鸚鵡巨石破開一個洞，吐出陣陣霧氣，全都是有毒的瘴癘之氣，聞到的人與非人都紛紛倒下。

「很好。」

公子說道，在空中一手倚著膝，一手輕抵下巴，目光灼灼跳燃惡火，直視著硯城中的木府。

「妳說的對，有幫手很方便，這要謝謝妳教會我這點。」

他從容笑著，伸出一隻手，指尖凝出最黑最毒的一滴惡露，灑進木府裡。

惡露落下，沒有濺起，迅速滲透木府。

花木枯萎，牆毀磚破，已經很難支撐的結界，因為受到汙損，一一瓦解消失殆盡，黑水湧現出來，灰衣人都被染黑，一張張硬眉硬眼的臉，轉向大廳，冷冷的望著。

「妳的道具，我就接收了。」

大廳的結界薄弱得透明，僅剩一層薄膜，如泡沫般強撐，不斷抖顫著。

雷剛站在其中，一手持著大刀，另一手護衛著懷中稠衣無色、臉色慘白、雙目緊閉的姑娘。她的氣息很微弱，血吐得太多，連髮色都白如秋霜，毫無生氣的垂落在地上。

「我不會讓你傷害她。」

雷剛緊抱著，懷中連溫度都慢慢降低的心愛女子。他會用魂魄捍衛她，就算魂飛魄散也不足惜。

「你的性格我當然知道。」

公子冷眼睥睨，微微笑著：

「但是，你阻止不了我。」

米色的紙張飛來，落到雷剛面前，四角緊捲成雙手跟雙足，上方出現頭頸，正面浮出清晰眉目。

「喂，還有我呢！」

信妖嘎啦嘎啦的叫，強壓著害怕：

「我也不會讓你這臭魔，傷害姑娘一根頭髮的！聽到沒有！」

公子挑眉，冷笑出聲。

「媽的，笑什麼笑？還哼哼！」

信妖嘎嘎叫，因為太害怕了，到這時反倒生出勇氣來，指著空中叫囂：

「你太沒有禮貌了！」

「就你一個區區信妖，能做什麼？」

他不惱怒，反而笑意更深。

「哼，看，現在換我哼哼了！」

信妖插著腰：

「告訴你，就怕你嚇得尿褲子，老子燒不掉、撕不爛，火不能融、水不能淹，雷不能殛、電不能燬，我——」

公子只說了一個字。

「破。」

驀地，信妖的中心穿了洞，黑膿腐蝕成圓，一口一口滋啦滋啦的往外慢慢擴張。

「啊，你做了什麼？」

它慘叫不已，一聲比一聲高，用手去抹黑膿，卻連手也被腐蝕，左掌滋啦滋啦就被吃完，還往手腕蔓延。

公子不再理會它，那雙散發淡淡光芒、連最上等的絲綢與之相比都黯然失色的手，先慵懶的垂下，再往上一勾，灰衣人們就同時舉起手來；他的雙手聚攏，灰衣人就往雷剛與姑娘走去，逐步將兩人包圍。

一道黑影落下，黑龍落地成人形，藥布都已鬆脫，裸露的肌膚滿是傷口，只有額上貼著一塊紅鱗，襯得他雙眼如火球般明亮。

「你弄髒了我的潭水。」

他淡淡的說。

黑龍潭裡滿是覆蓋紅鱗、病得歪歪倒倒的水族，他雖然不受影響，但是黑水逆滲，逼得他無法再浸溺夢中。再者，他絕對不能錯過，親手對殺了心愛紅鯉魚的人報仇的機會。

「喔，看看這是誰？」

公子興致變好了，雙手平伸，十指輕繞，原本貼服在四處的紅鱗，全都浮起聚會在他左右掌心中。他揮出右手，紅鱗之浪立刻噴湧朝黑龍而去。

沒有人能控制發狂的珊瑚，但是控制紅鱗，對他來說輕而易舉。

逼黑龍出深潭，是他盤算中的關鍵之一。只要他現身，復仇心切的黑龍就會出現，落入他的陷阱。

「你還學不會教訓嗎？」

他笑著看，紅鱗之浪撞擊黑龍，之後分裂破碎，再揮出左手，這次居心險惡的多了一股暗勁。

「想起來了嗎？那個被我燒成粉末的——啊，我忘了那是什麼，因為太微不足道，我連記得都懶。」

強大的紅鱗翻浪，有了公子的暗力，衝擊得黑龍一分分一寸寸往後挪移。他張開嘴，吐出聲音：

「見紅——」

「什麼？你說什麼？」

公子冷聲笑著：

「我聽不到。」

黑龍掌管水路，而他要借水行事，非除掉黑龍不可。

這條龍陷溺仇恨，稍微撩撥就失去理智。他要親手殺了黑龍。

「見紅。」

聲音愈來愈清楚：

「她的名字是見紅！」

黑龍全身一挺，卸去險惡的暗力，蛇鱗都被推開。

「她是紅鯉魚！我的紅鯉魚！而你，你殺了她！」

「哈哈哈哈哈。」

公子仰頭大笑：

「對，是我殺了她，那又怎麼樣？你這隻只剩一塊鱗，還是死魚鱗的龍，能夠拿我怎麼樣？」太痛快了。

「我要替她報仇。」

黑龍一字一頓的說道。

他不再沉溺夢境，拚得玉石俱焚也要報仇雪恨。

「不要自不量力。」

公子懶懶的說：

「我對你厭煩了。」厭煩到非殺不可。

「我會盡全力。」

黑龍化回真身，威武巨龍騰聲而現，長鬚直豎，張嘴噴吐龍火。因為太恨了，所以龍火溫度前所未有的高。

這麼高的溫度，連他的內裡都要灼傷，但是他不在乎，專心一致就要復仇。就這麼把一切都焚化，包含他的仇、他的恨、他的愛。

從容的公子，這時稍稍皺了眉頭，無鱗的龍不足為懼，但是這樣的溫度比他預期中灼熱太多，他一邊抵禦，就必須分去一份力量。

不行，他必須專注。

「不能再玩了。」

他緩慢降下，終於白靴著地，站立在泡沫般薄弱的結界前，望向雷剛懷中昏迷的姑娘。

「我現在就要解決妳！」

俊逸的容貌開始融化，長髮化蛇，額上生角，眼窩深陷，長著獠牙的血盆大口說出心中所求：

「把雲英還給我！」

魔化的利爪探出，觸碰結界邊緣。

啵！

結界破滅，雷剛神色冷凜，揮出手中大刀。

鏘！

大刀砍在魔爪上，被輕易碰斷，刀刃飛出，射落在無盡虛空中。

雷剛一心只想保護姑娘，她的氣息就要消失，溫度比身為鬼的他更低。面對無堅不摧的魔爪，他轉過身來，用全身去保護她。

在孢子細落、風邪亂舞、紅鱗遍布、鸔鵡石吐霧成瘴、信妖腐蝕難保、黑龍一心報仇、灰衣人被黑化、硯城中原本的人與非人都病危，被黑稠惡水浸泡黏溺的這時。

他全力保護她，讓自己暴露在魔爪下。

這鬼魂之軀，能為她擋多久就擋多久。雖然是綿薄之力，卻也是他的全力。

黑龍用盡全力復仇，雷剛用盡全力保護。

公子，則是要終結姑娘的性命、姑娘的管治。

魔爪觸及雷剛的背，戳破衣衫，再要往下刺入——

這時，所有黑龍先前埋下鱗片的地方，冉冉浮現一個字。

來

紅光乍現。

起先很淡，接著接著愈來愈濃、愈來愈亮、愈來愈熱，穿透黑夜、穿透烏雲、驅逐寒冷。紅光是強大的力量，被吸引到硯城，來到天際中央時，宛如太陽般，卻比太陽更紅豔，紅豔中帶金。

在紅光照耀下，原本幾近死亡的姑娘，睜開了雙眼。

十六歲般的模樣，長髮如秋霜，膚色雪白，綢衣沒有顏色。

她睜著澄淨雙眸，伸出一雙小手，捧住雷剛五官深刻的臉，湊前在他薄唇上印下一吻。

「你真好。」

清清脆脆的嗓音，有無限愛憐：

「能跟你一起死也好。但是，我今天還不想死。」

他的擔憂與驚愕被她吻去，瞬間還無法回過神來。

「我們一起活下去，好嗎？」她輕聲問著。

他只能點頭。

姑娘露出笑容來，雖然仍舊相當憔悴，但那朵笑容確實暖了他的心。

「時候到了。」

她說：

「看，我們將要迎接另一位龍神。」

黑龍認得那個顏色，連龍火都止熄。

紅豔中帶金的顏色。

是她。

見紅。

為他而死去、化為灰燼的紅鯉魚。

紅光耀眼，他想起姑娘說的那句話，這才知道言外之意，

妖死了就死了。

但並不代表，不會變成龍神回來。

見紅是鯉魚，躍上龍門後，就會化成龍。

那該死的女人，總是故意不把話說完！

但是這瞬間，他卻覺得，這女人稍微沒有那麼可惡了！只是稍微！

紅光迸散，落在黑龍埋鱗的地方，包裹住黑鱗，然後滲入土中、泥中、水中，把汙濁的都化為清明。人與非人沾黏的黑水，被迅速稀釋沖刷，漆黑的部分洗去不見，推刷著凝結再凝結。

水氣瀰漫，湧入空氣，沾染鸜鵒石吐出的霧，這是算好的媒介，毒氣只是障眼法，

水霧網住孢子，包裹蛇鱗，

所有黑毒都被推到黑龍潭，潭中紅光亮起，水色漸漸清澈，浮現無數豔紅帶金的薄紗，浪一般的舞動。水族們都痊癒了，黑毒濃縮成一塊詭異無光的石。

濕潤的長髮出現，冉冉浮起，現出秀潤的額、好看的鼻、微閉的雙眸、紅潤的唇、細緻的下巴。見紅雙手捧握著黑石，凌出水面，豔紅帶金的薄紗在身後撲蓋水面。

她睜開眼睛，在水潭中央，就感應得到愛慕的人在哪處。

豔紅帶金的薄紗一抖，力量起先很小，像漣漪不斷擴大，但邊緣的力量愈來愈強、愈來愈強，震動硯城內外的空間，土中的水、空中的霧、山上的霜雪都被撼動，邪汙都被打出硯城外，白雪上竄覆蓋裸露的山巔，重新統御連綿十三峰的雪山。

即便身為山藥的夫人，已經甦醒卻仍無法動彈。囚禁她的結界，有了姑娘的神血，又再加上見紅的龍神之力，被更往山的深處推陷。

「不！」

公子慘叫著，魔爪在空中撕抓，卻阻止不了夫人的遠去。

他的雲英，又再度睡去了。

可恨的紅鯉魚，竟能成龍，再度回到硯城，壞了他的步步盤算，不能終結姑娘，還讓他的妻子犧牲更多。流著腐蝕之淚的魔眼，瞪視豔紅帶金的見紅，從水潭中央飛起，落在黑龍面前，輕輕巧巧、畢恭畢敬。

即使同為龍神，見紅也不敢僭越，雙手捧著黑石。

「這是公子的魔心。」

她說道，頭垂得很低。

黑龍乍驚乍喜，一時間還不知道該怎麼反應。心愛的女子真的復活，回到他面前了，他反倒手足無措，夢中預想千次萬次的景象，都不及現今。

該死，他這麼狼狽，全身是傷，她卻這麼美麗！

「請您轉交給姑娘。」

她說著，遞上黑石。

應該說愛、應該說抱歉、應該說很後悔，然而衝出口的，卻是怒騰騰、惡狠狠的一句：

「妳自己拿給她！」

見紅沒有說話，頭垂得更低，手舉得更高。

可惡！

她在替他做面子。

黑龍只能領情，用爪尖推了推黑石，順勢飛滑進姑娘的方向。

「拿去！」

雷剛想要接擋，姑娘卻從他懷中探出身來，柔潤好看的小手接住黑石，輕輕的舉起，那塊石沒有光亮。

「這是你的心，你存在別處、不藏在自己身上的魔心。」

公子回來的時候，她曾用雷剛的刀，抹了自身神血，兩人合力把刀刺入魔殼，卻沒有戳進魔心。

「真不容易，才能拿到你的生命之源。」姑娘說道，白髮紅顏，分外好看。

「妳騙了我。」魔化的公子哀嚎，字字都沾著黏稠腐化的魔血。

「對，這一切都在我的計畫之中。」

她承認，為了化險為夷，一步步計算得比公子更多、更深。

「我一樣懂得學習。」

說起去年時，在夫人封印前的那場惡戰，她仍心有餘悸，更知道公子非除不可。

「你懂得示弱，以悲情喚醒夫人。我一樣必須示弱，才能吸引你動手。」

她在養傷，公子也在養傷，黑暗的力量回復得比較快，她必須更謹慎，步步都不能有差錯。

還好，見紅對黑龍一往情深，化龍歸來，協助她一臂之力。

身上仍腐著一個洞，但腐蝕已經停止，挽回一命的信妖，張大著嘴，舌頭都滾了出來，伸得長長的。

「所以，姑娘要臭泥鰍去埋鱗，並不是處罰，而是要召喚見紅。」

它恍然大悟，發現自個兒跟對主子，高興的嘎啦嘎啦一直笑：

「他的鱗用來接龍了！」

唉啊，怎不早說呢，害它的小心肝好怕怕。

姑娘沒有分心，注視著狂亂的公子。

「妳這可惡的女人！竟騙了我一次又一次！」

魔嘯響起，迴盪在硯城內外，恨到不能再恨。

「你也很不容易，被我那麼大量的神血燒灼，要從丁點灰燼，回復到有影有身軀，你吃了多少肝臟？」

她俏臉凝霜，喝斥逼問：

「除了硯城裡的人之外，那些被流言吸引來的人與非人，還有多少，是被你取食的？」

人的肝、鬼的肝、妖物的肝、精怪的肝，甚至還有魔的肝。

貪慕不屬於自己的東西，以為進了硯城，就能有好處，或是白占房屋土地與墳墓的人與非人，都成了公子滋補的食物，許多已經死去，就算沒有死的，也離死不遠了。

「我不在乎！那些人與非人，全都死不足惜。」魔在笑，笑得像哭。

他失去雲英了？

可他愛著雲英啊！好愛好愛。

那姑娘呢？

魔轉過頭來，視線落在雷剛身上。

「你陪著她作戲？」魔問著，語音滿是邪濃惡意。

姑娘立刻伸手，撫上雷剛的胸口。這是她的愛，也是她的弱點。

「他與我心意相通。」她說道。

魔卻不理會，只對雷剛說道：

「你不知道這件事吧？」

看那表情，魔就知道了，於是散播出更多懷疑的種子，知道都會落在雷剛心裡，生根茁壯。

「她在騙你，就像她當初，騙她的丈夫，那個大妖一樣！」

魔一邊笑、一邊哭，專心致志的說著：

「她在騙你！」

握著魔心的小手，驀地一揑。

黑石迸碎，灰飛煙滅。

魔張大嘴，不能言語，朝夜空抖顫著舌，影子消失了。

但是，魔形仍在。

姑娘神色一凜。毀去魔心，就該除魔，公子也該化為灰燼才是，她卻親眼看見，魔仍有形在。

「怎麼回事？」

雷剛警覺，看出她神色有異。就算心有懷疑，這時也暫且拋下不理。

「我毀去的，是魔心硬的部分，軟的部分還沒有毀去。」

計中有計，設了連環計，萬般盤算、千方百計，卻還是遺漏了這一點。

倏地，墨綠色的力量收攝，集中回木府，而中心點就在眾人身後。

「左手香。」

姑娘轉過頭去，看見皮膚白中透青、神色清冷的女子。

原本墨黑得近乎黑，根根有絲綢光澤，被細心保養，用牛角梳沾茶花油，梳理得很是美麗的長髮，都枯槁化白了。

釋放太多力量，她的生命縮短，也失去自傲的長髮。

「那部分的魔心，被我藏得很好。」

左手香冷冷淡淡的說，為了心愛的男人，還維持著美貌的容顏。

「就算是妳，也找不到。」

姑娘嘆息，伸出手來。

「再跟我合作吧。」

她勸說著，沒有左手香協助，實在是一大虧損。

「我不計較以前，也不計較妳這次的背叛。」

藥中的毒斟酌得太好，她起先也沒發覺，發覺後也不動聲色，反而利用毒性來計時，知道毒下得愈重，就愈是接近公子逆襲的時間。

「不可能了。」

左手香扯唇一笑，冷冷清清、淒淒慘慘戚戚。

「妳有妳要守護的，而我有我的。」

「吳存不會希望妳這麼做的。」

她太危險、太接近黑暗的力量了。左手香要是魔化，那就太過可惜。

「我會撫去他的擔憂。」

她不讓心愛的男人煩憂，所有憂慮與危險，她都承擔下來。

「左手香——」姑娘叫喚著，難得焦急了。

乾枯的白髮落在地上，汲取公子的魔力，白髮漸漸漆黑，濃得看不見一絲光亮。

黑暗的力量得來比較快速，也太過誘惑，修練需要千年，魔化只需要一瞬間。

左手香化為魔。

仍舊是長髮烏黑、容顏清冷、雙手美得不可思議的她，得到黑暗力量，比之前更強大。

她伸手召喚，吳存走了出來，神智恍惚，已經被下了封印，不知道這夜發生的事情。纖瘦的她，轉身背起高大的吳存，腳步起先還有些顛簸，但勉強站住了。

「再見的時候，不是妳死，就是我亡了。」

左手香說著，吃力的背著吳存，分手抓住公子殘餘的魔軀，跳躍進夜色中。

信妖哇哇大叫：

「怎麼可以讓他們跑了？」

它收折成紙鳶，急忙就要跟去。

「臭泥鰍，我們上！」

黑龍長鬚扭擰，前怨未了要追去。見紅也緊緊跟隨，不論黑龍去哪裡，天涯海角、神境煉獄都毫不遲疑。

「別追了。」

姑娘阻止了眾人：

「現在，你們敵不過她。」就連自己能不能敵過，都很難說。

「難道就這樣放他們走嗎？」

信妖很著急，下兩角扭來扭去的，實在不甘心。它可是被吃了一個大洞耶！

「我要先歇歇。」

姑娘輕輕說：

「我很累，要先睡一覺。」

「喔。」信妖小小聲回應。

天色微微亮了，好不容易恢復生機的硯城，又是茶花盛開，萬紫千紅格外好看。

茶花們凝出嬌紅的部分，凝縮又凝縮，化為一碗紅潤潤的萬豔同盅。土裡長出綠苗，很快的生長，開枝散葉，以綠葉裝盛，送到姑娘身旁。

「幫我拿，好不好？」她對雷剛說，笑得格外嬌俏。

他沒有吭聲，自然而然就接過來，餵到她嘴邊。她低下頭啜飲，每喝下一口，血色就一層層鮮活，長髮烏黑、紅唇潤潤，喝盡的時候，綢衣都有濃郁的紅在流轉。

茶花獻出一日的紅，很光榮能滋養姑娘，朵朵都在枝頭驕傲綻放。

「見紅。」青春鮮妍、彷彿十六歲的姑娘，笑著叫喚。

豔紅帶金的紅龍走上前來。

「在。」

「我已經替妳處罰黑龍，教訓他之前的不解風情，以及不知感恩。」

柔潤的小手輕撒，許多側耳菇們掉落地面，菇傘皺褶鬆開，迫不及待的釋放，先前聽到的言語。

她在哪裡？

不要藏住她，讓我看見她！快！

她在哪裡？

她是為我而死的！

我愛她！

菇群抖啊抖、抖啊抖，重複這句話。

我愛她！

還愈抖愈大聲。

我我我我我我愛愛愛愛愛愛她她她她她她！

見紅的臉漲得通紅，咬著唇瓣，偷偷看了黑龍一眼。

他的臉也在發燙，活了這麼多年，才發現自己居然也會臉紅，索性張開嘴，把多嘴的側耳菇們，全都嚼碎吞下，當場消滅證據。

但是碎碎的側耳菇，仍在他肚子裡吵鬧不休。

她是為我而死的！

我愛她！我愛她！我愛她！我愛她！我愛她！我愛她！我愛她！我愛她！我愛她！我愛她！

他猛地一拍肚子，菇群卻還在吵，大概必須等到消化了，才不再有聲音。雙頰發燙、腦袋發燒的他，轉身就往深潭走去，不肯留在原地，讓其他人與非人可以笑話他。

見紅有些忐忑，看黑龍的背影，又看看姑娘，一邊是愛慕的男人，一邊是救命恩人，實在無法決定。

好在，姑娘揮了揮手。

「去吧，陪著他，這段時間裡他很寂寞。」

「謝謝姑娘。」

她衷心誠意，恭敬跪拜，然後起身用最快速度跟上黑龍，一起回深潭裡去。

「信妖。」

「在！」它答得很快。

「鸚鵡早就獻羽歸降，這次助陣有功。公子以為是小婉的那個，是我用素紙剪了，再畫上的，小婉本人就住在木府，那棟淡紫色的樓裡，鸚鵡等一會兒會來接她，你去領鸚鵡進門，跟他說，我替他取名為『功』，他跟小婉的婚事我不但同意，還很祝福。」

「是！」

信妖點頭，然後突然想起來，問道：

「那麼，木府的紅蛇呢？」

姑娘思索了一會兒。

「你把她的鱗都收好，一片也別少。」

左手香魔化了，她相當惋惜，對珊瑚更體諒了些。

「之後，我會去歸還她的鱗，看看能不能跟她談談。」瘋狂離魔很近，但是，她會盡力試試。

破開的結界都有清澄之水的力量，可以修補強化。至於方府，她可以由硯城裡這一側，也填補圈圍。

吩咐完許多事，姑娘才轉過頭來，在雷剛懷裡挪挪湊湊，在熟悉的胸膛上，用最熟悉的姿勢，趴臥在他心口。

「我處理得好嗎？」她問。

「很好。」

「那麼，我先睡一會兒，你會抱著我嗎？」

「會。」他回答。

她臉上漾出笑意。

「那我睡了。」

「好。」

澄澈的雙眸閉起。

雖然，找不到公子的心，就還不能真正放心，再加上有魔化的左手香叛倒，情勢並沒有比較樂觀。不過，有兩位龍神，加上信妖，還有鸚鵡守衛，雖然不能放心，倒是可以先好好的睡一覺。

依偎在強壯的胸口，她放心睡著了，這是她最信任的懷抱，就算雪山坍塌、硯城破碎，存在的一切都不存在，這裡也不消不滅，是她最終的歸依。

雷剛低頭看著，懷裡猶有一分稚氣、十六歲少女模樣的女子。

只有他知曉，心中被種下的懷疑種子，無聲無息發了芽。

信妖不敢打擾，自個兒走開，把從黑漆漆變回灰灰的紙都收一收，再分出很多部分，清理亂糟糟的木府，把各種東西都歸整，然後一邊說好忙啊好忙啊，灑掃庭除、煮水燒飯，忙到忘了自個兒還有個洞。

木府恢復平靜。

硯城內外恢復平靜。

樹上綠葉冒出，翠翠的格外好看。

夏天，到了。

❀

聒噪的側耳菇，好不容易被消化，四周靜了下來。

黑龍在前走著，知道見紅在身後跟隨。

這麼安靜，反而更彆扭。

他停住腳步，回過身來，不想那麼凶惡，但是這是他目前僅有的盾牌，畢竟他連情深時的字句，都被側耳菇洩漏，哪裡還有什麼可以掩護？

「妳不是死了嗎？」說出口，他就後悔了。

該死，這麼凶會嚇到她！

一身紅豔帶金薄紗的見紅，卻沒有被嚇退。她低下頭來，羞紅著臉說：

「之前，我被燈籠妖傷害時，姑娘給了我傷藥，還有您的一塊鱗。」

她很是愧疚，但祕密都想坦承與他。

「我本該把那塊鱗還您，但是實在愛您太深，所以就留存著。是您的那片鱗，護住我的神魂，才能躍上龍門，再度回到您的身邊。」

這痴情的紅鯉魚啊。

他出生時就是龍，不必去躍上龍門。但是她生而為鯉魚，要躍上龍門，比登天還難，多少鯉魚努力千年都沒有成功，她卻在短短幾個月內，就躍上龍門返回，一心一意回到他身邊。

就算傲骨再硬，也被這般情意感動。

「我這就把鱗片還給您！」她伸手，就要往魂裡掏探。

「不用了，妳留著。」

他制止：

「我想取的時候就取。」

「是。」

他點點頭，轉身往前走了幾步，又停止。

「以後不許再離我太遠。」

「是。」

「我要取鱗就不方便了。」

「是。」

他說一句，她應一聲。

「我不會是個好情人。」他匆匆的說，不說就會後悔，又把話吞回肚子裡。

這次，她卻沒有回應。

他擰起雙眉，等了一會兒。

「龍神大人。」身後有輕輕的叫喚。

他轉過身去，看見她伸出雙手，奉上許許多多的龍鱗。

「這是您先前埋下的，我擅自取了出來。」

那麼多鱗片，是先前他從姑娘手中，一片一片得回來的，那時都滴著血埋進土裡去，成了召喚她的引子。

原本不想取，但矯情不是他的長項，於是他一手抓來，每片鱗受本體召喚，自動回歸貼伏，恢復他劍眉剔銳、黑眸深邃的英俊臉龐。

「謝謝妳。」他說道，不自在的清清喉嚨。

「龍神大人請別這麼說，是見紅的榮幸——」

「別再叫我龍神大人，我有名字。」

見紅抬起頭來，驚慌不已。

「我不敢喚您的名字。」

「妳可以知道。」

龍的名字比命更重要，姑娘剝除他的鱗，但沒有取走他的名字。

「另外，妳的龍名，我來想一想。」

「好。」她幸福得薄紗更金紅。

兩人一前一後，往水潭走去，漸漸看不見了。

後記

抱歉，讓各位久等了。

這本《硯城誌 卷三 龍神》的出版，距離2013年9月出版時間，竟然相差快四年，讓大家苦等，實在太對不起大家。

一個系列出版時間拖得這麼長，我都汗顏得想游到太平洋深處去躲藏。

可麗餅：我女兒都讀幼稚園了！

阿心仔：呃……歲月如梭……歲月如梭……

聖堂教母：梭什麼梭！妳再繼續龜縮，我兒子都升國中了。

阿心仔：啊，孩子們怎麼都長這麼快？

可麗餅：連我老公都常在問，卷三什麼時候能看得到！

阿心仔：這不就出版了嗎？燒燙燙的新書喔！燦笑 づa

聖堂教母：還敢笑！踢 づa

小編：而且，呀呀老師的封面已經畫好很久了……

真的太對不起國家社會，在眾人「殷切」期盼下，今年春季重振旗鼓，人家第一個寫的就是《硯城誌》，畢竟卷二結尾時殺了紅鯉魚，黑龍孤孤單單很久了啊……劇情在寫卷三時都想好了，憋著不寫也要內傷，五月初時終於交稿。

跟台灣角川合作一直很愉快，編輯總是集思廣益，給我許多好的意見，卷三的書名就是編輯們所想的。

連編輯們都很訝異，我四月時說會交稿，她們五月收到稿子時，說實在沒想到我真的把卷三寫完了。

畢竟這些年來，身心失衡總會影響寫作進度。

寫《硯城誌》期間，才深深體悟到連載漫畫家有多麼辛苦，每個月都被截稿期追著，恐怖程度超過鬼娃恰奇拿著刀在背後追，我光是想著就會惡夢連連。

讀者們催啊催，心疼黑龍，想知道故事後續，其中催得最勤勞、最深情、最不肯放棄的該數金石堂網路書店。

因為卷三原本預期２０１４年2月底出版，錯過後網路書店的出版日期自動展延為三月，讀者們來詢問時，我請台灣角川通知金石堂，把出版日期拿掉，但是網路書店的管理員不肯，對卷三很執著，就這樣只要點開金石堂網路書店，《硯城誌卷三 龍神》一直處於即將出版狀態。

一直到五月，我真的交稿之後，網路書店收到通知，才甘願把網頁狀態做了更改。

嗚嗚，如此深情，怎能辜負？

卷三的第五篇〈見紅〉，原名〈紅蛇傳〉，在好友黑潔明２００１年6月出版的《蛟郎》文後以番外篇方式刊出，是以另一個筆名「凌玉」發表。

很喜歡珊瑚這個角色，這篇故事歷經時間長久，《蛟郎》再版過數次，而這故事曾被人用不同形式，數次抄襲過。自己寫的故事跟孩子一樣是寶貝，於是就改了篇名，收錄進卷三裡頭。

寫這本時也做做手工藝，把大魚的魚鱗煮過幾次，然後用胡粉上色，去跟朋友S玩耍，吃法式甜點時，送她扇子，上面黏著兩三片豔紅帶金的鱗片，她問說是什麼，我有點不好意思的說是新書廣告。

拍照片給友人J看，很高興的炫耀。

阿心仔：看，這是見紅的鱗喔！

友人J：不是珊瑚的鱗吧？抖 ing

阿心仔：蛇鱗不好找～

友人J：華西街說不定有喔！

阿心仔：只要鱗嗎？老闆不會給吧？

友人丁：喝一碗蛇肉湯啊！

阿心仔：對喔，聽說蛇肉很好吃。（吃貨模式全年開啟ing）

真是糟糕，不論寫什麼，我都會寫到食物上去。寫卷三的時候也是在斟酌，該給姑娘吃什麼食物。例如寫黑瑩時，邊寫邊跟插畫家陳淑芬老師訴苦，明明該寫得很可怕，但是好像寫得很可口啊，一直想準備薑末跟醬油，去買新鮮烏賊來吃。

小編：難怪，討論稿子的時候，妳一直惦念生蠔跟星鰻。

阿心仔：人家是吃貨！握拳ing

另外，關於〈鸚鵡〉這章，是自鶯歌石的傳說延伸而來的。可能有許多人沒聽說過鶯歌地名的由來，對鶯歌石的傳說也知道得少，不知道自己生長的土地有什麼妖怪傳說是很可惜的一件事，所以我寫了浪漫愛情版本。

有機會的話，會盡量多寫當地妖怪。

按照行程表，這本書到達大家手上時，我已經即將開始寫卷四，這次不會讓大家再久等，卷四跟卷五的大綱已經完成，硯城誌會在卷五完結，請大家一起陪著我，守護姑娘跟雷剛，還有故事裡眾多的角色們。

所有活動請密切注意台灣角川官網的ＦＢ，跟「典心小舖」的官網ＦＢ喔！所有最新訊息都會在網站公布。

謝謝你們的等待，我會加油的。

大家下本書見囉。

咕得掰！

台灣角川官方ＦＢ：https：//www.facebook.com/tw.kadokawa/

典心小舖官方ＦＢ：https：//www.facebook.com/heartnovel/

定價各
NT$300~320
HK$100~107

坤寧 一～五

時鏡 / 作者

一座坤寧宮，兩世荒唐夢。
電視劇《寧安如夢》原著小說。

姜雪寧自認不是什麼好人，為了后位機關算盡。當帝師謝危發動政變，她被迫自刎於坤寧宮，臨死前心想：若有來生，再也不當鳳凰。結果她重生了，回到十八歲半，還只是戶部侍郎府上的二姑娘，身旁是為她掏盡真心的小侯爺燕臨——也是她上輩子為了后位辜負的第一人。那個上輩子將她軟禁、醉醺醺出入她寢宮的男人，如今仍是明亮赤誠的少年。既然有些人她終究無法避開，這一次，總不能讓悲劇重演。

國家圖書館出版品預行編目資料

硯城誌. 卷三, 龍神 / 典心作. -- 初版. -- 臺北市 :
臺灣角川, 2017.07
面； 公分
ISBN 978-986-325-833-9(平裝)

857.7 102027262

Kadokawa Fantastic Novels DX

硯城誌 卷三 龍神

2017年7月24日 初版第1刷發行
2023年9月11日 二版第1刷發行

作　　者：典心
插　　畫：呀呀
發 行 人：岩崎剛人
總　　監：呂慧君
編　　輯：陳育婷
美術設計：林慧玟
印　　務：李明修（主任）、張加恩（主任）、張凱棋
發 行 所：台灣角川股份有限公司
地　　址：104台北市中山區松江路223號3樓
電　　話：（02）2515-3000
傳　　真：（02）2515-0033
網　　址：http://www.kadokawa.com.tw
劃撥帳戶：台灣角川股份有限公司
劃撥帳號：19487412
法律顧問：有澤法律事務所
製　　版：尚騰印刷事業有限公司
ＩＳＢＮ：978-986-325-833-9